글·그림 민원기

삶과
인연에
감사하며

맑은샘

작가의 글

삶의 여정은 종종 선택의 연속이다.

젊은 시절부터 책을 내고 싶다는 꿈이 있었기에 틈날 때마다 하나둘씩 써오던 에세이를 묶어 이렇게 직접 출판하게 되니 감회가 새롭다.
어린 시절에는 '나는 무엇이 되어야지', '나는 어떻게 살아야지' 하며 앞으로의 일을 생각하는 것만으로도 시간이 부족하지만 육십이 되고 나이가 들어갈수록 나 자신의 존재에 대해 생각하는 시간이 늘어난다.

가장 솔직하고 진솔한 모습의 나를 드러내고 그런 과정에서 '내가 그 때 왜 그랬을까', '그땐 그랬지' 하며 내가 어떤 마음이었는지 나를 천천히 돌아보게 되었다.

이미 지나간 일들과 꿈, 소중한 관계의 인연들, 세월의 분기점들을 짚어보고 마침내 늘 꿈꾸어온 것을 할 수 있는 시간들, 필요한 힘의 에너지를 채워가는 나침반이 될 것을 바라는 마음에서 이 책을 준비했다.

독자 여러분들 역시 자신의 삶을 소중하게 다듬어가셨으면 좋겠다는 생각을 한다. 지난 삶을 뒤돌아보며 앞으로 더 다듬어질, 이 초라한 글쟁이의 소박한 글을 보고 위로와 위안과 용기를 얻으셨으면 한다.

이 책이 출간되는 것을 기쁘게 생각하며 여러분 모두에게 평화가 있기를 기원한다.
그리고 지금 살고 계신 그 시간의 소중함을 길게 기억하시길…….

2022년 11월

목차

PART 1

—

고요한 마음으로
성찰하기

chapter 1

비좁은 마음
인간다운 삶으로
바꿔놓기

Cogito ergo sum

'존재存在'.

나이가 들어갈수록 나 자신의 존재에 대해 생각하는 시간이 늘어난다.

나는 과연, 하나의 인격을 갖춘 인간으로서 양심을 갖고 살아가고 있는 것일까? 나는 지금 어디에 있는가?

나는 혼과 영혼을 가지고, 생명의 존엄한 가치를 지키며 살아가는가?

나는 본연의 내 자신을 자각하고 살아가는가?

'자문自問'.

젊은 시절, 나에게 묻는 질문 하나는 지식을 쌓게 하였고, 나이가 들어 나에게 묻는 질문 하나는 삶에 현명함을 쌓이게 하는 것 같다.

그래서 자문한다.

혹시라도 나 자신을 잃어버리고 사는 것은 아닐까?

어느 순간에 문득 거짓된 나, 저속한 나, 동물적인 나, 얄팍한 나,

피상적인 나, 혼탁한 나, 부패한 나, 겉껍데기만 멀쩡한 나,
말초적인 나, 이기적인 나, 도구와 수단으로 전락한 나,
이러한 '나'로 살아가고 있는 것은 아닐까?

'자책自責'.
자책한다.
인생은, 생生 그 자체를 지키며 살아가는 것이다.
그것이 생의 목적일지 모른다.

지난 시간 동안 내가 안고 있던
실존적 문제와 나의 자세는 어땠는가?

역량을 키우며 몸과 마음이 건강한 내가 되려고 노력을 투자하며
나는 존재하는 모든 것에 가치를 부여할 것이다.

❝

누구에게나 동일하게 주어진 시간이지만 그것을 어떻게 쓰느냐에
따라 우리의 성품과 행실이 달라진다.

-M. 블레이크 Mary Blake

나 사는 모습이 어떤가

오랜 친구를 오랜만에 만나
서로의 안부를 묻다가
좋아 보인다는 말을 주고받다가
'나 사는 모습이 괜찮아 보이는가?'라고
친구의 눈에 비칠 내 사는 모습을 생각하게 되었다.
우리 어릴 적 깨복쟁이 친구로 뛰어놀던 때와
이리도 많은 것이 바뀌었는데
아직 나 사는 모습이 좋아 보이면, 이 정도면 잘 산 것일까?

도시화, 산업화, 관료화.
높디높아지는 건물과 점점 사라지는 자연 그대로의 것들,
자유와 평등을 외치며 민주화를 외치던 청춘을 바쳐
독재 정치, 독점 경제, 문화 종속 모든 모순과 갈등을 거쳐
자주 정치, 자립 경제, 문화 독립 이런 것들을 세워
1990년 3월, 나는 그 모든 것이 변화하는 시대의 중심에서
이 사회를 둘러싼 모순의 실체를 어렴풋이 감지하며
그간 지켜오던 모든 삶의 가치관과 좌표에 회의를 느낄 만큼
큰 흔들림을 느꼈었다.

삶에 꿈을 줄 수 있는 공간 하나를 꿈꾸고,
사람답게 사는 세상을 만들겠다는 것을 꿈꾸고.
그렇게 꿈을 꾸며 살던 나의 뜻은 얼마나 관철되어왔는가?
적어도 내 뜻 중 하나는 이 세상에 남을까?

자신의 꿈이 아름답다고 믿는 사람에게만 미래는 존재한다.

-E. 루스벨트 Eleanor Roosevelt

고요함이 좋다

자기만의 고독을 위한 사색의 시간이어서 밤의 고요함이 좋다.
세상 모든 것들이 다 잠들어버린 듯한 고요한 밤의 한가운데서 홀로
조용히 시간을 흘려보내는 지금 이 순간. 가슴 한켠에서 서서히 차오
르는 뭔가 기껍다.

우주의 질서를 이해하고 사물의 가치를 이해하고
결국 인생이란 무언가를 끊임없이 이해해가는 과정인 것 같다.
가치 있는 인생을 살아가기 위해서는 무엇인가를 알고 있어야 한다.
그것이 어떤 것이든.

남들에게 보여주기 위한 출세를 바랄 필요는 없다.
하지만 인생에서 꿈을 버리는 것은 죽음처럼 의미 없는 인생일 뿐이다.
꿈이 있는 곳에 건강과 보람이 있다.

- 불타는 야망과 추진력.
- 확고한 자신自信을 길러라.
- 불가능은 없다.
- 내 주위에는 언제나 기회가 있다.

– 지난날의 상처는 생각지 말자.

성공 개혁술
'성공한 삶'을 위해 무엇이 가장 필요할까? 하나씩 적어보았다.

하나, 환경에 적응하는 적응력.
둘, 남에게 자극을 주는 영향력.
셋, 논리적인 설득력.
넷, 효과적인 대화를 하는 능력.
다섯, 타인을 자기 편으로 하는 친화력.
여섯, 강한 인상의 창조적 개성.

1990. 4.

먼저 스스로에게 무엇이 되겠다는 결심을 하고,
그리고 당신이 해야 할 일을 하라.

– 에픽테투스 Epictetus

존재의 의미

'주관이 뚜렷한 사람'과 '고집을 부리는 사람'은 다르다.
주관이 뚜렷하고 자기주장을 잘 하는 사람은 빛이 난다.
그들은 남에게 보이기 위한 삶을 살지 않는다.
그저 자신이 옳다고 생각하는 이유에 따라 행동할 뿐이다.
이를테면 그것은 이유 있는 고집이라고도 부를 수 있겠다.
그런 사람이 되고 싶다.

아주 작은 것 하나에도 이유 있는 고집을 부릴 줄 알고,
이치에 맞는 주관이 뚜렷한 사람.
그래서 밖으로 배어 나오는 사람.

인생을 마라톤이라고 한다면,
나는 아주 긴 자로 마라톤을 달릴 길을 재고 싶다.
아주 길어서 아직은 결승지점에 도달하려면 한참이 남았으니
마지막 스퍼트를 다하지 않아도 된다고 나에게 말해주고 싶다.
아직은 한창 중간지점에 왔을 뿐이니
더 성실하게, 더 믿음직하게 전진하는 데 집중하라고 말해주고 싶다.

앞으로 많은 시간을 더 사랑하고,
다시 한 번 목표를 정해 청사진을 세워보아도 된다고.

66

16살 때는 누구나 아름답다.
그러나 60세의 아름다움은 스스로의 노력으로 만들어가는 것이다.
　　　　　　　　　　　　　　　　　　　　　　-M. 스톱스^{Marie Stopes}

명상과 사색

난, 누구인가?

난, 무엇을 할 수 있나?

난, 무엇을 위해 사는가?

난, 어떻게 살 것인가?

가치, 목표, 그에 도달하는 방법은…….

철학哲學은 세상 만물에 대한 질문이라지만,

결국 그 질문은 나로부터 시작하여

사람을 향하고 세상을 향해가는 것이다.

동양의 철학자들은 '군자'라는 전인간적 삶의 완성에 이르기 위해,

서양의 철학자들은 문제 자체를 좀 더 명확히 할 언어를 찾기 위해,

누군가는 세계를 변혁시키고 인류 사회를 발전시키기 위해,

누군가는 오늘 나의 더 큰 기쁨을 위해,

그런 모든 철학적 가치를 추구하면서

가치, 목표, 그런 것들에 도달하는 방법을 고민하고,

그 방법의 옳고 그름에 대해 이야기하게 되지만,

서로 추구하는 가치가 다르다는 것은

원하는 철학적 이상이 다르다는 것이니

철학이 다른 사람과는 어떻게 대화해야 하는 것일까?

66

행복이란 단순한 소유욕이 아니라

성취에서 오는 기쁨과 창조적인 일을 하면서 느끼는 스릴이다.

-F. D. 루스벨트 Franklin D. Roosevelt

인생의 목적이란 무엇인가

인생이란 끊임없이 진리를 구하는 것이며
진리란 인간이 인간다움을 만들어가는 과정이다.
인간으로 태어났으니 마땅히 인간다움을 갖추기 위해
인간으로서 길을 밟아야 한다.

책은 진리를 구하는 가장 좋은 길 중 하나이다.
인생이 마치 한 권의 책과 같지 않을까.
우둔한 이는 그 책 한 장을 아무렇게나 넘기지만
현명한 이들은 그 한 장에서도 인생의 진리를 발견해낸다.
그 한 장도 소홀히 읽지 않고 정성을 들여 읽기 때문이다.
그리고 그 한 장을 읽는 방법의 차이가
현명한 이를 더 현명하게 만들고
우둔한 이를 더 우둔하게 만드는 것이다.

결국 우리네 인생도 낡은 앨범에 끼워진 한 장의 사진, 낡은 책 한 장
에 지나지 않으니 모두가 촌스럽고 낡은 추억일 뿐인 것이다.
언젠가 박인환 시인의 말처럼, 그저 과월호過月號잡지의 한 표지 같은
것이 인생인 것 같다.

행복이 무엇인지 찾기만 한다면 결코 행복해질 수 없다.
또한 인생의 의미만 찾으려고 한다면 결코 삶을 영위할 수 없다.

－알베르 카뮈 Albert Camus

철학과 시

"인간人間의 모든 문제는 소유의 문제로 시작된다."
칼 마르크스의 발상을 듣고 나와 우리에게
'소유'란 어떤 의미인지에 대해 생각하였다.

어쩌면 아주 어릴 적, 장난감 하나를 두고도
'네 것'이냐 '내 것'이냐가 모든 싸움의 시작이었듯
세계사 어느 곳, 어느 시대에도, 영토, 명분, 사람도
모든 싸움에는 소유가 결국 문제였던 것이다.

'누가 갖느냐'의 문제가 끝나면
'얼마나 갖느냐'가 화두로 떠올라 갈등과 상충과 쟁탈이 거듭되었고,
'어떻게 갖느냐'까지도 문제의 빌미가 되었다.
세상 모든 것에 정해진 양이 있어 그런 것일까?
아니, 어쩌면 정해지지 않은 무한한 양을 주어도
'더 갖기 위해' 싸움은 끊임없을 것이다.

「신약성서 마태복음 19장」
'부자가 천국에 들어가기는 낙타가 바늘구멍에 들어가기보다 어렵다.'

하지만 그 말도 이제는 옛말 같다.

이제 가난이 미덕이지도, 부자가 꼭 악덕이지도 않은 세상에 우리는 살고 있다. 물론, 그것이 불가시적 사후세계의 심판이기 때문에 사실 여부를 논증하기는 어렵다.

"부자가 철학을 갖기는 낙타가 시를 쓰기보다 어렵다."

분명한 것은 매 끼니 기름진 고기를 먹고, 푹신한 침대에 누워 유유자적해서는 아프고 쓰린 데가 있을 리 없고, 그런 사람이 시와 철학을 알기는 어렵다는 것이다.

철학과 시는 결국

아프고, 가엾은 곳을 보고, 느끼고,

함께 누워본 이만이 볼 수 있는 세계이다.

❝

순간순간을 충실히 사는 것, 그것이 행복이다.

-R. 앤서 Robert Anthony

토인비

'인류의 역사는 도전과 응전의 역사이다.'
라고 아놀드 토인비 박사는 말했지만,
내가 느끼기에 현대 문명의 진정한 위기는
기술문명이 토끼처럼 빨리 뛰어가는데도
정신문명이 거북이처럼 느리게 뒤를 좇기 급급하다는 데 있다.

마치 하염없이 흘러가는 강물과 같다.
강물은 늘 흘러간다고 말하지만 멀리서 보면 고인 물 같기도 하다.
하지만 가까이 다가가보면 어찌나 빨리 흘러가는지
가까이 갔다가는 휩쓸려버릴 듯하다.
이렇게 빨리 흘러가니 강물을 시간과 같다 말하나 보다.
한강이든 금강이든 낙동강이든 시간은 흐르는 강물과 같아서
한번 만났던 사람은 언젠가 다시 만나게 된다.

다시 만날 그날에
우리가 외나무다리에서 볼 수도 있고 양로원에서 볼 수도 있겠지.
그러니 쉽게 '끝'이라고 하지 마라.
쉽게 흘러가지 않고 고여 있다고 남을 평가하지도 말고

내가 빨리 흘러 누구보다 빨리
바다에 다다를 것이라 단정하지도 말라.
결국 뛰어가든, 걸어가든, 흘러가든,
우리 모두 같은 바다에 다다를 '한 방울의 물'일 뿐이다.

웃음은 마음의 거미줄을 걷어내는 빗자루와 같다.

-M. 워커^{Wort Walker}

사명감

점심을 먹고, 오후 일정에 대해 생각하다가
나도 모르게 하품이 나왔다.
다람쥐의 인생이 쳇바퀴 도는 것과 같다고 하지만
인간이라고 무에 다를까.
인간의 인생 역시 매일, 거의 비슷한 일을 되풀이하는 것일 뿐이다.

비슷한 시간에 일어나 비슷한 일을 되풀이하고
매일 같은 집에서, 밖에서 같은 사람들을 만나고.
가끔 다가오는 '새로운 일'도 그저 스쳐 지나갈 뿐이다.

삶에서 새로움을 잃어간다는 것은
놀랄 일이 없어지는 것이며.
지루해져간다는 것이다.

구슬 몇 알을 가지고도 몇 시간을 즐겁게 놀던 어린 시절도,
낙엽만 굴러가도 즐거워 꺄르르 웃는다는 사춘기도 지나
나이가 들고 나니 새로운 일, 사람에는 덜컥 겁부터 난다.
그래서 결국 또 단조롭고, 무미건조하고, 따분함이 느껴지는

익숙한 곳으로 되돌아온다.

하지만 따분한 인생이라고 게을러져서는 안 된다.

따분해질수록, 변함이 없을수록

확고한 사명감을 가지고 살아가야 한다.

사명감을 잃어버리면 인생의 보람을 잃어버리기 때문이다.

오늘도 즐거움을 찾아보자.

익숙한 즐거움도, 새로운 즐거움도,

모두 내가 살아내야 할 충실한 하루일 테니.

66

꽃에 햇볕이 필요하듯이 인간에게는 미소가 필요하다.

-J. 애디슨Joseph Addison

자유로운 의지

전쟁이 벌어진 전장의 한복판에 서 있는 병사가 된 것처럼
생각에 잠겨본다.

나는 존재의 전부가 아니다.
그저 점 같은 일부분이다.
나는 허무와 싸우는 하나의 생명일 뿐이다.
나의 생명은 너무나도 작아
타들어가는 순간에도
타닥타닥 작은 소리를 낼 뿐이다.
누가 내가 타는 소리에 귀를 기울어주랴.
그러니 나는 허무속에 불타는 불과 같다.

하지만 나는 영원한 전투를 벌인다.
상공에서 내려다 보면 하나의 점에 불과할지언대
지상에서 옆으로 보면 다들 너무나 크고 또렷한 생명들이니
살고자 발버둥칠 수밖에 없지 않은가.
그 발버둥이 미약하고 작아 아무도 보지 못한다 해도
발버둥 쳐 내 생명을 증명하고 가리라.

영원한 운명이란 애초에 없다.
끝없이 싸우는 자유로운 의지만 있을 뿐이다.

66

세상에 있는 모든 황금을 주고도
죽어가는 사람의 목숨을 구할 수는 없다.
그러니 오늘 하루가 얼마나 소중하고 가치 있는 시간인가!

-O. 만디노^{Og Mandino}

chapter 2

마음속의
이기심
잠재우기

인자·지자

지자知者는 동적인 물과 같고 인자仁者는 정적인 산과 같다.
지자는 사리에 밝아 흐르는 물과 같이
막히는 데가 없으므로 물을 좋아한다.
인자는 몸을 무겁게 가지어 산과 같이
움직이지 않으므로 산을 좋아한다.

지자는 늘 물과 같이 움직이므로 물이 흘러가듯 즐거움이 흐르고
인자는 늘 산과 같이 고요히 머물러 있기에
하염없이 변하지 않는 장수를 누리는 듯하다.

산을 좋아하는 사람치고 악인惡人이 없다.
누구나 산에 오르다 보면 자신의 부족함과
작음을 깨닫고 겸손해진다.
산의 정기가 사람을 착하게 만들고 마음을 깨끗하게 만든다.

나는 산山에서 침묵을 배웠다.
산을 걸을 때는 묵묵히 걸어야 한다.
오롯이 산이 주는 정기를 받으며 공기를 들이마시고 내쉬는

연습을 하듯 올라야 한다.

그래야 산에서 큰 마음을 얻어갈 수 있다.

자선과 지혜가 있는 곳엔 두려움도 무지도 없다.

−아시시의 성 프란체스코 Francis of Assisi

홀로 가는 길

부처님은 〈숫타니파타〉에서 이렇게 말씀하셨다.

소리에 놀라지 않는 사자처럼
그물에 걸리지 않는 바람처럼
진흙에 더럽혀지지 않는 연꽃처럼
무소의 뿔처럼 혼자서 가라.

나는 얼마나 의지를 잃지 않고 살아왔을까?
삶이 어려운 이유는 순응하라 말하면서도
의지를 잃지 않고 세워야 하기 때문인지도 모른다.

부처님의 말씀을 듣고 머릿속에 떠오른 것은
산티아고 순례자의 길처럼
아무것도 없이 광활한 시골의 거친 길을
홀로 걸어가는 나의 뒷모습이었다.

어디로 가는지, 얼마나 가야 쉴 수 있을지도 모른 채

그저 나아가는 데 필요한 것은 내 두 발과
가겠다는 의지뿐이다.

"인간 최대의 승리는 내가 이기는 것."
우리의 마음속 두 개의 자아의 내적 투쟁이 쉴 새 없이 벌어진다
선한 자기와 악한 자기, 용감한 자기와 비겁한 자기,
성실한 자기와 불성실한 자기가 싸움을 계속한다.
극기(내가 나하고 싸워 나를 이겨야 한다)훈련이 필요하다.

-철인 플라톤

애착 클래식

쇼팽의 환상즉흥곡
바하의 G 선상의 아리아
베토벤의 엘리제를 위하여
차이코프스키의 비창

언제 들어도 너무 좋은 나의 최애곡들.

나는 늘 베토벤보다 모차르트가 더 좋았다.
베토벤은 고통스럽지만
모차르트는 감미롭고 부드러워서 편안함을 준다.
모차르트가 연주를 위해
수없이 오갔을 한적한 유럽의 어느 시골길이 떠오르는 듯하다.

그 시골길을 달그락거리는 마차를 타고 지나가며
얼마나 수없이 많은 아름다움을 상상했을까?
그래서 오늘도 모차르트의 바이올린 협주곡 제5번을 틀어본다.
아… 치유를 위한 나만의 시간이 역시 좋다.

지나치게 큰 기쁨은 감당하기 어렵다.
오히려 잔잔한 기쁨이 가장 오래간다.

－C. N. 보비|Christian Nestell Bovee

행복에 대한 소망

행복을 바라지 않는 사람이 있을까?
모든 사람들이 한결같이 자기 자신의 행복을 위해 살아간다.
나 역시 딸에게 "늘 네가 행복할 만한 일을 했으면 좋겠다"
라고 말하곤 했다.
가장 좋은 것, 가장 행복한 순간이 딸의 인생에 많이 다가오기를
바라는 마음으로 말하곤 했다.

누군가가 자신의 행복에 대한 소망을 상실하고 있다면,
자신의 삶에 행복한 순간이 오지 않을 것이라고 생각하고 있다면,
그는 자신이 살아 있다고 느끼지 못하리라.
자신의 행복을 원하지 않고서는 누구도 인생을 생각할 수 없다.

산다는 것은 각자 행복을 원하고 또 행복을 얻는 과정이 아닐까?
나에게 행복이라는 말은 늘 소망했고, 늘 얻고자 하였으며,
얻은 순간이 오래도록 이어지기를 바라게 되는 것이었다.
그래서 행복을 얻는 것과 행복을 소망하는 것은
산다는 것과 동일어이다.

더 오래 살기를 원하고, 더 많은 행복을 느끼기를 원하게 된다.
심리학이론 중에 '안면피드백 이론'이란 게 있다.

"행복하기 때문에 웃는 게 아니라 웃기 때문에 행복해진다."

행복은 물질로 보는 것이 아닌, 오로지 자신이 느끼는 것이다.
그러고 보면 행복을 바라는 사람은 오로지 자기 자신 속에서만
생명의 행복을 느끼는 존재인 것 같다.

살아 있는 동안
부지런히 개미의 노력을 배우고
꿀벌의 부지런함을 배워야 될 것 같다.

66

행복한 삶일지라도 약간의 어두운 구석이 없을 수 없으며 행복이
라는 단어도 슬픔으로 균형을 이루지 못한다면 의미를 잃고 말 것
이다.

─칼 융 Carl Jung

살아간다는 것

'1/2 정도 물이 채워진 물컵'을 바라보듯 삶을 바라본다.
'1/2이나 채워져 있다'고 생각해야 한다며 평생을 말해왔지만
나이가 들수록 '100세 시대이니 아직 한참 남았다'고 말하기는
참으로 어렵다.

왜 그것이 어려운지 생각해보니, 긴 세월을 살아올수록
쾌락은 차츰 사라져가고, 권태와 고뇌가 그 자리에
쌓여갈 뿐이라는 것을 알게 되어서인가 보다.
몸이 쇠약해짐을 하루하루 느끼고,
점점 지리멸렬해지는 건강 상태를 느끼게 되거나,
누군가의 부조한 생로병사를 보게 되는 날이면
더더욱 내가 살아가는 것이 아닌, 죽음 가까이로 가고 있다는 사실을
분명하게 확인하지 않을 수 없게 되는 것이다.

부모父母님의 연세를 한 해에 한 번 세던 것을
요즘엔 한 달에 한 번은 세어본다.
한편으로는 오래 사시니 기쁘기 때문이고
또 한편으로는 돌아가실까 두렵기 때문이다.

산다는 것은 변화하는 것이고,
완벽해진다는 것은 자주 변했다는 것이다.

-존 헨리 뉴먼 John Henry Newman

욕심

큰 창으로 하늘이 쏟아져 들어올 것처럼,
구름 위에서 책을 읽는 것처럼,
그렇게 하늘이 보이는 서재가 하나 있었으면 좋겠다.

가을이면
구슬같이 둥근 쪽빛 하늘이 한눈에 들어오고,
봄이면
아지랑이가 피어오르는 들을 바라보고,
여름이면
세상 만물이 쑥쑥 크는 소리가 빛과 함께 들어오고,
겨울이면
흰 눈이 펄펄 쏟아지는 하늘을 바라보며 사색에 잠길 수 있다면
그 얼마나 좋겠는가.

내 일생에 무언가를 욕심내는 것이 더 허락된다면,
나는 그런 서재 한 공간을 갖고 싶다.
그리고 그 서재에서 읽는 책과 바라본 하늘을 눈에 가득 담아

마치 내 것인 양 의기양양하며 하늘로 돌아가리라.
내 살아있을 때 그렇게 아름다운 것을 마음껏 보았노라 말하리라.

66
훌륭한 삶이란 사랑이 영감을 주고, 지식이 안내하는 삶이다.
-버트란트 러셀^{Bertrand Russell}

지^知, 정^情, 의^意를 갖춘 인격자

아무리 큰 발상이나 사상도, 결국 단순한 이치이다.

복은 검소함에서 비롯되며,
덕은 겸양으로부터 시작된다.
지혜는 끊임없이 생각하는 자에게 내려오고,
근심은 모든 것에 애욕을 내려놓으면 없어지는 것이다.

재앙은 물욕으로부터 비롯된다.
허물은 경망한 태도를 버리지 못해 일어나고
죄는 순간의 나를 참지 못함으로 일어난다.

고로

장비^{張飛}와 같은 용맹한 장수

↓

전략가 와룡선생 제갈량^{諸葛亮}과 지략가 무황제^{武皇帝} 조조

↓

도덕과 인의를 중시, 정도와 대의를 걷는 덕장 유비劉備

의 순서로 되고자 애써 노력하며 항상 가능성의 문을 열어 두자.

66

좋은 품성은 지식보다 돈보다 명예보다 더 값지다.

-H. W. 비처Henry Ward Beecher

일신우일신 日新又日新

매일매일 발전된 삶이 될 수 있도록
끊임없이 노력하며 살라는 말이다.
나날의 새로운 축복이다.

아무리 큰 신념도
사소한 것을 꾸준하게 지켜나가면 이룰 수 있다.
'언행일치.' 말로 내뱉고, 글로 써, 그것을 지켜나가는 일은
나와의 약속을 지키는 것과 같다.
그러니 오늘도 나와의 약속을 적어본다.

경영철학: 공생의 정신을 잊지 말자.
　　　　속물근성을 경계하자.
　　　　모든 인간관계에 소홀하지 말자.

생활철학: 즐거운 삶보다는 보람된 삶을 추구하자.
　　　　특별한 사람이기보다 뜻 있는 사람이 되어보자.

가치관: 미래지향적이고 결단력 있는 사람이 되자.

　　　　붓다의 가르침을 따르자.

신념: 창의적이고 주체적인 삶, 비전^{Vision}이 있는 삶을 위해,

　　　늘 미래에 대해 생각하자.

철학: 늙은 여우가 되자. 여우는 지혜로우며, 현명하고,

　　　때를 잘 알고 움직이는 법이다.

66

역경이 반드시 나쁜 것만은 아니다.
현명한 사람에게는 그것이 기회가 될 수도 있다.

　　　　　　　　　　　　　　　-R. W. 에머슨^{Ralph Waldo Emerson}

자신의 선택

같은 물이라도 소가 마시면 우유가 되고
뱀이 마시면 독이 된다.
오늘 내가 마시는 물, 이 물 한 모금이 생명수가 될까? 독이 될까?

독일수도 있으니 물을 마시지 않을 것인가?
설사 독이 된다 해도
독인지 생명수인지 모르는 지금의 나로서는
마시는 것밖에는 다른 방법이 없다.

사람은 쉽게 어리석은 선택을 한다고 말하지만,
어쩌면 그 물 한 잔처럼
선택의 여지가 없어 선택하는 것일 수도 있기에
누군가의 선택이 어리석다고 쉽게 말해서는 안 된다.

우리가 무엇을 먹고 마시든
무엇을 보고 듣던
결국 모든 것은 각자의 선택이고 판단일 뿐이다.

그러니 나의 선택은 뒤돌아보지 말 것이며,
남의 선택은 손가락질하지 말 것이다.

66
두 개의 길을 놓고 어느 길로 가야 할지 판단이 서지 않을 때는
더 많은 모험이 따르는 길을 택하라.

-W. 슬림 W. Slim

세 가지 문^門

세상에서 제일 중요한 때는 언제일까?
'현재'라는 시간.

세상에서 제일 중요한 사람은 누구일까?
지금 내 옆에 있는 사람.

세상에서 제일 중요한 일은 무엇일까?
바로 그 사람에게 선을 행하는 것.

이 세 가지를 두고 보면
인생처럼 단순한 것이 없다.
현재, 내 옆의 사람, 선을 행하는 것
하지만 대부분의 사람들이 알면서도 하지 못하는 것이
그 세 가지이다.

먼 곳의 미래를 바라보고,
지금 내 옆에 있는 사람에게 소홀하며
그 사람에게 선을 행하는 것이 미뤄도 되는 일이라 여기는 것.

그것이 모든 불행의 시작인 것이다.

이것이 진정한 삶의 지혜와 철학이 아니겠는가.

66

인생이란 자신을 찾는 것이 아니라 자신을 창조하는 것이다.

-조지 버나드 쇼 ^{George Bernard Shaw}

chapter 3

고정관념의 뿌리인
부정적 삶에서
벗어나기

고독의 발견

달아,
이 세상에 너의 빛이 비치지 않는 곳이 없으니
네가 보았다면 내게 말해다오.
굽이굽이 외진 곳에
나루터나 냇가나 산골짜기 암자라도 싫어하지 않을 테니
괴로움 없는 곳을 일러다오.
그곳이라면 어떤 거친 음식과 잠자리일지라도
이곳에서의 단 음식과 따뜻한 잠자리보다 나으리라.
그러니 모든 부귀영화를 버리고 그곳에 가
찰나라도 신선이 된 것 마냥 살리라.
그렇게 살다가 어느 날, 내 간 것도 모르게 가거든
지나가는 바람을 타고 내 살았던 곳이나 흘러 다니리라.

바람아,
너는 언제나 쉼 없이 막힘 없이 이 땅 위를 달려가니
북빙양의 얼음길이나 적도의 바로 밑 사막길이라도
나는 싫어하지 않고 네 말을 따라 그곳으로 가겠다.
정말 괴로움 없는 곳이라면 일러다오.

내 한평생

흘러가듯 너처럼 살아가고 싶었는데

부대끼며 살아가려니 내 정신과 육체가 맑을 때가 없는 듯하다.

정신을 차려보면 늘 책임과 번민밖에 몸 안에 남은 것이 없으니

이렇게 떨어지고 떨어지다 의지마저 떨어지고

희망으로부터 더 멀어지고 나면

내게 남는 게 없을 듯하다.

인간의 조건이 결코 영원하지 않다는 것을 기억한다면. 행운을 만났을 때 지나치게 즐기지 않고 불운을 만났을 때 지나치게 경멸적일 필요가 없다.

－소크라테스 Socrates

나이보다 빨리 늙었다

'어느덧'이라는 말이 절로 나올 만큼
가난과 고통, 불안과 실망을 두루 겪어내다가
내 나이와 인생을 돌이켜보니
나이보다 빨리 늙었구나, 라는 생각이 든다.
내 인생이 무엇이었길래 이 많은 나이보다 빨리 지나갔는가.

하지만 늙었다는 것이 꼭 나쁜 것만은 아니지 않은가,
늙었다는 것은 그만큼 관록이 쌓였다는 것이리라.
그러니 내가 조금도 애처롭지 않다.
지나간 젊음을 아까워하지도,
내 나이 듦을 슬퍼하지도 않기로 하였다.

젊으나 늙으나
여전히 나는 대형 공장에서 찍어 나오는 다디단 과자보다
대나무 발을 늘어뜨려 놓고 푸른 숲을 바라보면서 호박씨 까먹기를
더욱 즐겨 하고 네온이 명멸하는 고층 빌딩의 스카이라운지에서
양주를 마시는 것보다 숲을 스쳐오는 바람을 맞으며 정자에 앉아
토주 마시기를 더욱 즐겨 할 것이다.

그러니 나이가 먼저 가든, 늙음이 먼저 가든
먼저 간 이가 기다려주면 내 곧 따라가리라.

감히 한 시간을 낭비하는 사람은
아직 인생의 가치를 발견하지 못한 사람이다.

－찰스 다윈^{Charles Darwin}

생生, 주住, 이異, 멸滅

모든 생물에게는 시간이 주어진다.
우주의 시간은 무한하며, 생과 멸을 알 수 없지만,
생명의 시간은 유한하여, 누구나 생生과 멸滅이 분명하다.
시작과 끝이 보이는 길다란 줄을 잡는 듯한 이 시간을
어떤 이는 라이플 사이클life cycle이라고 부른다.

강아지는 길어야 18년을 산다고 한다.
고양이는 9번의 생을 사는 영혼을 가지고 있다고 한다.
학은 천 년을 살며, 거북이는 팔백 년을 산다는데,
그런 것에 비하면 사람의 생명은 고작 백 년의 시간을 한 번 사니,
어쩜 이리 짧디짧은가.
아니, 하루살이나 모기는 길어야 한두 주일을 산다 하니
그보다는 많다고 생각해야 할까.
문득 인생은 너무 짧고 덧없는 것이라는 생각이 든다.

그래서 진시황은 불로장생의 영약을 구하러 삼신산으로
사람을 보내고, 희랍 사람같이 공상을 좋아하는 사람들은
판도라의 시간을 상정하여 발버둥 쳤나 보다.

하지만 아무리 발버둥을 쳐도
백 년보다 긴 삶을 한 번 이상 살다 간 이의 이야기는 듣지 못했다.
그러니 더 살려고 아등바등하지 말고,
다만 모든 사람이 한번은 겪어야 할
생生, 주住, 이異, 멸滅의 주기율에 순응하며 살아야지.

중요한 것은 내가 살아온 삶의 세월이 아니라
내가 살아온 세월 속의 삶이다.

－애들레이 스티븐슨Adlai Stevenson

새로운 그림

진지하고도 의욕적인 또 한 장의 새로운 그림을 그리고 싶다.

흔히 사람의 마음은 양파껍질 같고, 천 길 물길 같아
그 안에 무엇이 있는지 알 수 없다 하지만,
그 밑바닥에 자리 잡고 있는 것은 필시 뜨거운 마음과 사랑일 것이다.
내가 그리고 싶은 그림에 내 뜨거운 마음과 사랑을 담아내고 싶다.

나는 어떻게 세상을, 그리고 나의 미래를 살아갈 것인가.
진리나 진실을 저 가슴 밑바닥에 묻어 두고서
두 개 혹은 세 개의 가면으로 나의 진실한 얼굴을 가리고
세상이 원하는 나의 얼굴, 돈과 출세를 위하여 살지는 않을 것이다.

출세가 인간을 재는 척도가 될 수 없듯,
돈과 명예 역시 내가 이루고 싶은 최고가 될 수 없다.
애당초 돈키호테가 풍차를 보고 칼을 빼드는 식의
논리적인 무리를 안고 살아오지는 않았나?

화가가 그림 한 폭에 자신의 혼을 담아내듯,

나도 새로운 그림 위에는 그 어떤 위선도 없이
나의 깊은 곳에 있는 가장 진실한 마음을 담아내고 싶다.
숨은 마지막 카드에 과감한 승부를 걸어보자.

인생은 곱셈이라고 한다.
어떤 기회가 와도 내가 제로면 아무런 의미가 없다.
자신의 능력을 키워 가자.

인생에는 두 가지 선택이 있다.
하나는 주어진 조건을 있는 그대로 받아들이는 것이고,
또 다른 하나는 그 조건을 변화시키려는 것이다.

－D. 웨이트리|Denis Waitely

우수

인간人間이 살아가는 동안 우수憂愁에 젖는 때가
헤아릴 수 없이 많을 것이다.
이렇게 웅크려 슬픔에 빠진 채 멍하니 있을 때가 아님을 알면서도
어쩔 수 없이 만나게 되는 고된 일 앞에서는
내 속을 슬픔과 부정과 우울함이 잠식해버리는 것 같다.

무모한 욕망에 눈이 어두워 헛된 욕망의 노예가 되지 않아야 한다.
아무리 바쁘게 잡으려고 허우적거려도
손에 잡았다고 기뻐하는 것에 신중해야 한다.
내가 잡았다 확신한 그것이 어쩌면
허무한 지푸라기에 불과한 것일지 모를 일이다.
초연히 삶의 의미를 음미할 여유조차 가지지 못해서야 되겠는가.

우수雨水가 온다.
추위에 눈이 쌓였다가 해가 비치니 비로 변해 얼음이 녹아 물이 된다.
아무리 추운 겨울이라도 결국 봄은 오고야 만다.
하지만 우수가 왔다 하여 봄이 온 줄 알고 옷을 얇게 입었다가는
감기에 걸리기 십상이다.

그러니 아무리 추워도 웅크려 있음에 슬퍼할 것도 없고,
봄이 왔다 설레발을 칠 것도 없다.
그저 이렇게 물이 되어 흘러가는 눈처럼
나도 그저 흘러가듯 살아가면 그뿐인 것이다.

66

모자라는 부분을 채워 가는 것, 그것이 바로 행복이다.

-R. 프로스트 Robert Frost

촛불과도 같은 인생

이런저런 생각에 어느덧 해가 저물어 가고,
어느새 흘러든 별빛 사이로 깜박 잠이 드네.

세월아, 쉬엄쉬엄 가려무나.
여전히 꿈을 꾸는 나를 위하여
네가 무심히 흘러가니 나도 너 따라 늙어가는 것 같구나.
너를 따라가는 것은 당연한 일인데
왜 이리 걸음이 더디 가고 싶은지 모르겠구나.

인생은 바람 따라 가는 한 점의 구름과 같으니
그저 따라갈 수 없어
구름 한 점에 내 인생의 의미를 숨겨 보내본다.
구름은 세상에 못 갈 곳이 없으니
구름따라 흘러간 내 인생의 의미가 더 멀리 가면
그만큼 오래 행복할 수 있을까 하여.

어떠한 목적도 없는 인생은 '악惡'과 다를 바가 없다.

우리 인생ㅅ生은 자신의 몸을 태우면서 불火을 분출하는
촛불과도 같다.

인생은 가까이서 보면 비극이지만, 멀리서 보면 희극이다.

−C. 채플린Charlie Chaplin

인생은 한이요, 번민 덩어리

우리 민족에게는 '한恨'의 정서가 있다고들 한다.
한이란 무엇인가.

그것은 번민으로 뭉쳐진 덩어리이다.
슬픔과도 다르며, 고통이라고 말하기엔 가볍고 단순해 보인다.
우리 민족이 아니면 감히 이해한다 말할 수 없는 깊은 감정이며,
가슴 깊은 곳에 끓어오르는 것이다.

마치
아무리 시간이 흘러도 그 깊숙한 곳에서
완전히 사라지지 않을 번민과도 같다.
하지만 그 '번민'으로 반죽한 것이 인생이 아닐까.

원리 원칙대로 살아가기만 하면,
낙오자가 되는 것이 우리네 인생사에서
지성과 지략이 우위를 차지하는 세상에서 승리하는 자는 누구인가.
내 그 승리자가 누구인지 명확히 알 수 있다면
언제고, 누가 세계의 지배자가 될지 모를 일이다.

열흘 붉은 꽃이 없고^{花無十日紅}

십 년 세도가 없다^{權不十年}.

그 단순명료한 이치를 지키지 않는 자가 많으니

한을 가진 이가 늘어나고 번민이 가실 날이 없다.

66

받아들일 수 있는 것보다 옳은 것부터 먼저 시작하라.

-프란츠 카프카^{Franz Kafka}

현실에 대한 이해

'믿어야' 할 것이란 세상에 없다.
'알아야' 할 건 많지만 믿어야 할 건 없다.

믿을 필요도 없다.
어떠한 믿음도 관념도 갖지 마라.

오로지 눈앞에 보이는 것들 중
스스로 믿기로 결정한 것만 믿어야
후회가 없다.

What is 현실.
모든 인생은 한낱 풀포기이며 그 영화는 들에 핀 꽃과 같다.
풀은 시들고 꽃은 진다.

만물이 시들고 모든 것이 결국 사라질 현실을
더 잘 이해해야 더 잘 견뎌낼 수 있다.

좀 더 현실적이어야 한다.

더 현실적이고 합리적인 방향모색이 필요하다.

우리는 그것을 현명함이라 부르며

그 현명함을 얻기 위해 오늘도 부단히 경험을 쌓는다.

66

집을 지음으로써 집 짓는 사람이 되고

하프를 켬으로써 하프 연주자가 되듯이

옳은 일을 하는 사람은 정의로운 사람이 되기 마련이다.

-아리스토텔레스^{Aristoteles}

PART 2

—

보이지 않는
가치 발견하기

chapter 1

진실에 초점 맞추고
자나깨나
행복해지기

행복의 조건

찬 바람 막고, 뙤약볕 막을 수 있는 지붕이 있는 초가삼간이라도
함께 밥 먹는 식구가 모두 건강하면 되었다는 것이
우리네 민족의 으레 당연한 행복이 아니겠는가.

조촐한 초가삼간에 평범하고 정숙한 아내,
말썽을 일으키지 않는 삼 남매 정도의 자녀,
일구어, 가꾸고, 거두어, 먹고도 나라에 바치고
씨알을 남길 수 있는 낟알을 낼 수 있는 전답.
이런 팔자가 예로부터 지녀온 우리 서민의 조건이었다.

나 역시 그런 어른들이 말하는 행복을 듣고 자라
평생을 평범하고 소박하게 사는 것이 행복이라 생각하고 살아왔다.
아무리 비싸고 호화로운 밥을 바깥에서 먹어도
내 식구가 차려주어, 아내와 딸과 함께 먹는 집밥만 한 맛이 없었고
수십 억이 넘는다는 고급 아파트를 누가 샀다더라 하는 이야기를
들어도 그 아파트의 주인이 나보다 행복한 이라 생각하지 않았다.

하지만 내 마음과 달리 요새 세상에는 집이 높고 호화롭고
비싼 것들로 많이 채워져야 행복하다고 생각하는 사람들을
많이 만나니 그것이 애석할 따름이다.

66

행복을 자신에게서 찾지 못한다면 어디에서도 찾을 수 없다.

-A. 레플라이어 Agnes Repplier

HAPPY

행복이란,

인생 최고의 선^善이다.

깊은 정신적 만족이다.

쾌락과는 다르다.

쾌락 또한 행복의 한 요소지만 쾌락이 곧 행복은 아니다.

쾌락은 대개 순간적이고 감각적이고 일시적인 것이다.

그러나 행복은 좀 더 깊은 것이요, 영속적인 것이요, 생명적인 것이다.

행복의 한 요소로서 쾌락은 긍정받을 수 있다.

그러나 말초신경에서 느껴지는 일시적인 간지러운 자극과

흥분을 일으켜주는 감각적 쾌락은

행복의 한 요소는 될지언정 "행복" 그 자체는 결코 아니다.

누군가는 행복하고 싶거든

돈을 많이 벌면 된다고 하고,

누군가는 사랑하는 사람을 만나면 된다고 말해준다.

하지만 누군가의 행복을 그렇게 한마디 말과 행동으로

얻을 수 있다고 단언할 수 있는 것일까?

그 어떤 것도 가지지 않았는데도

인생이 행복하다고 말하는 이를 보면

내가 무언갈 가져 행복한 것보다

그 사람의 행복이 더 큰 것처럼 느껴지곤 한다.

그러니 누군가에게 행복해지는 방법 같은 것을 이야기하지 말자.

그저 내가 무엇으로 행복한지만 생각하며 살아가자.

행복이 유일한 선이다. 행복에 때가 있다면 지금이고, 행복이 있어
야 할 곳은 여기이며, 진정으로 행복해지는 방법은 다른 사람도 행
복하게 만드는 것이다.

－로버트 그린 잉거솔^{Robert Green Ingersoll}

세계 행복 보고서

전 세계에서 가장 행복한 사람들이 많이 사는 나라는 어디일까?

2013년 세계 행복 보고서에 의하면
세계에서 가장 행복지수가 높은 나라 1위는 '덴마크'였다.
사람들의 생활방식이나 사고방식을 살펴보면 알 수 있을까?
2위는 노르웨이, 3위는 스위스, 4위는 네덜란드, 5위는 스웨덴
역시 '복지선진국'이라 불리는 북유럽 국가들이 상위권을 차지한다.

미국은 17위, 대한민국은 41위, 일본은 43위, 중국은 93위.
더 많은 나라들의 순위를 보고 있으니 행복의 기준이 더 모호해진다.
경제적 여유, 사회적 성공만이 행복을 결정하는 것이 아님은 알 것 같다.

'행복'이라는 단어에서 사람들이 떠올리는 감정은 비슷한 것 같으면서도
무엇이 행복을 결정하는가? 하는 질문의 답은 매우 어렵게 느껴진다.

신체적, 정신적 건강, 안정적인 사회 시스템, 풍요로운 인간관계, 생
각과 활동은 자유롭지만 어떤 사람이든 보편적 안정을 누릴 수 있는
나라. 그런 나라를 사람들은 행복한 나라라고 생각하나 보다.

보다 중요한 것은 육체적, 정신적인 건강이며 이외에도 풍요로운 인간관계 안정적인 정치 및 사회 시스템 그리고 기본적인 인생의 결정을 내리는 데 있어 자유로운가 하는 점.
결국 공동체 의식이 강하고 사회적 보장이 잘 되어 있는 나라일수록 행복감을 느끼는 것이다.

66

가장 행복한 사람은 특별한 이유 없이도
삶을 즐길 줄 아는 사람이다.

-W. R. 인지|William Ralph Inge

희망과 행복 예찬

내 인생이 하나의 도遒(길 도)라면,
나는 그 길 앞에 늘 희망찬 삶이 있기를 바랐다.
희망이 보이면 이 길이 조금 가기 수월하게 느껴질 것 같았더랬다.
그리고 그 희망으로 가는 길에
도遒(이치 도)를 구하고 깨우치려 노력해왔다.

그 길에서 만난 당신이라는 하나의 씨앗이
사랑이라는 한 송이 꽃으로 피어나고,
그 꽃이 행복이라는 열매를 맺고 나니
내가 아직 그 도遒(길 도) 위에 있음을 깨달았다.
이 길을 다 걸어가야 행복이라는 도착지에 이를 줄 알았건만
다 가지도 못한 길에 피어난 행복이라는 열매 앞에
이곳이 나의 행복이구나 하는 생각이 들었다.

만약
길에 떨어진 씨앗 하나를 보지 못했다면,
씨앗이 새싹이 되어 자라나 꽃을 피우고, 그 꽃이 열매를 맺을 동안
이 길에서 물을 주며 기다리지 않았다면,

나는 아직도 행복이라는 목적지에 다다르기 위해
희망을 보고 걸어가고 있었겠지.
그러니 지금의 영광, 지금의 행복을 들고
저 앞에 보이는 희망을 잘 기억해
계속 걸어가야겠다.

66
매일매일을 충실하게 사는 것이 행복을 누리는 길이다.
-M. 보나노^{Margaret Bonnano}

완전한 행복

'Happy Ending.'

누구나 동화처럼 자신의 인생이 흘러가기를 바란다.
자신이 주인공이며, 선악은 정해져 있고, 고난의 끝에는 기쁨과 완전
한 행복이 존재하기를 바란다. 하지만 그 누구도 자신이 원하는 대로
삶을 끌고 가지 못한다.
삶은 길고, 고난과 기쁨은 늘 교차해 다가오기 때문이다.

아름답고 완벽한 결말로 가는 길 곳곳에는 함정과 진흙탕이 가득하
다. 때론 예견치 못한 미지의 사람과 사건이 나타나기도 하며, 내가
주인공이 아닌 주변인임을 인정해야 하는 순간도 다가온다. 그리고
그런 순간에 누군가의 삶이 나를 움직이는 듯한 느낌을 받기도 한다.

진흙 속에서 피어나는 아름다운 연꽃일 뿐이라고 위안해야 하는 것
일까?

석가모니라고 부르는 고타마 싯다르타는 인도 카필라 왕국의 왕자로
태어나 누구나 인정하는 완벽하고, 아름다우며, 기쁨과 행복으로만

가득 찬 인생을 살아갈 것이라고 모두가 믿었지만 19세에 그 모든 것을 버리고 출가하여 36세가 되어서야 깨달음을 얻어 불교를 창시하였다. 그에게는 왕자로서의 삶이 진흙이었는지도 모를 일이다. 하지만 그 석가모니조차 삶의 아름다움을 깨닫기에 7년의 시간이 걸렸다.

우리에게 필요한 마음은 어떤 것일까?

서늘한 가을바람에 떨어지는 낙엽을 슬퍼하는 마음은 시인에게나 필요하다.

삶의 아름다움을 깨닫는 데 필요한 것은 그런 것이 아니다. 우리에게 필요한 마음은 그런 것이 아니다. 어떤 좌절을 겪든 어떤 괴로움을 만나든 그로 인해 아름다운 삶 전체를 부정해서는 안 된다. 석가모니처럼 세상을 등져 모든 욕망을 버린다 하여 행복을 찾을 수는 없다.

우리는 늘 뭔가 얻고자 바라게 된다. 무엇을 얻는다 해도 결국 모든 것이 한순간에 추억이 될 것임을 알면서도… 시간 속의 "지금"은 금세 "예전"으로 바뀌지만 그 시간 동안 느꼈던 것들은 아직 금세 사라지지 않는다. 그저 부유하듯 내 삶에 기쁨과 슬픔과 함께 머물러 있다.

힘든 상황에서도 갖는 불굴의 의지. 순탄한 상황에서도 잃지 않는 조심성, 당황스러운 상황에서의 침착성, 평안 속의 경계심. 내게 필요할 것들을 하나씩 적어본다.

파랑새를 찾아 떠난 치르치르와 미치르의 이야기처럼 내 옆자리를 한 번 손으로 훑어도 보았다. 그토록 바라는 완전한 행복이 사실 내 옆에 있었던 것은 아닐지 생각하며.

66

행복은 무심코 열어둔 문을 통해 살금살금 들어온다.

-J. 배리모어 John Barrymore

보이지 않는 가치 발견하기 **PART 2**

신비감과 외로움

『어린 왕자 Le Petit Prince 』.

생텍쥐페리는 사막이 아름다운 까닭은 어딘가에 물이 있기 때문이며,

밤하늘의 별이 신비로운 이유는

그 어느 별 하나에 두고 온 장미가 있기 때문이라고 했다.

내 세상이 점점 아름다워 보이지 않고

내 인생이 점점 신비감을 잃어가는 것은

어딘가에 두고 온 물을 모두 찾아냈기 때문일까,

아니면 어딘가에 두고 온 장미를

더 이상 그리워하지 않기 때문일까?

마흔네 번이나 해 지는 것을 바라보던 어린 왕자의 외로움.

어른이 되고 나이가 들어서도

어딘가를 여행하고 싶다고 말하는 이유는

어쩌면 어딘가에 내가 발견하지 못한 사막과

내가 잊어버린 장미를 찾아가고 싶은 것인지도 모른다.

하지만 그저 때론

찾으려 애쓰지 말고, 알아내려고만 하지 말고

그저 '어딘가에 잘 있겠지'라며

그리워할 줄도 알아야 하는 것 아닐까?

66

자기 자신을 믿을 때 비로소 행복해질 수 있다.

-T. 페인 Thomas Paine

선물

지치고 힘들 때 그동안 수고한 자신을 위해 선물을 주자.
맛있는 음식으로, 사고 싶었던 아이템을 선물해주며
스스로에게 말해보자.
"정말 수고했어. 잘했어."

자신에게 너무 인색하면 안 된다.
모든 이가 각자 마음 깊은 곳에
삶의 무게와 외로움을 함께 지고 있으니
가끔은 그 마음속을 들여다보고
지친 마음에게 힘내라고 말해줄 수 있어야 한다.
우리는 누구나 모두 외로운 자신의 인생을
살아가고 있는 중이지 않은가.

그동안 지친 맘이 다시 힘을 낼 수 있도록,
누구나 외롭고 누구나 힘든 삶을 살고 있다.
다들 아닌 척 살아갈 뿐이다.
그래서 모든 인생은 멀리서 보면 희극,
가까이서 보면 비극이라고 하는가 보다.

가끔은 혼자만의 시간을 가지며 자기 자신을 돌보는 것도 필요하다.
혼자 밥도 먹고 영화도 보고 산책도 하고 쇼핑도 하면서
그러다 가끔은 아무 이유 없는 여행을 훌쩍 떠나보며
일탈이라는 멋진 이름으로 불러보기도 해보자.

일과 삶의 균형을 잡는 것은 언제나 어렵지만,
잠시 떠났다가 돌아와보면
의외의 곳에서 균형의 열쇠를 발견하기도 한다.

66

낮이 있으면 밤도 있듯이 행복한 삶에 어둠(불행)은 있다.
슬픔이라는 말로 균형을 잡아주지 못한다면 행복이라는 단어는 그
의미를 잃게 될 것이다.

-C. G. 융^{Carl Gustav Jung}

욜로

요즘 젊은 세대들을 두고 욜로[YOLO]족이라 부른다 한다.

'You Only Live Once',
'인생은 한 번뿐이다',
'오직 한 번뿐이니 후회 없이 즐겁고 행복하게 살자'
라는 의미를 담고 있다.

2011년 미국의 한 인기 래퍼가 발표한 노래 가사에서 이 말은 처음 등장했다. 2017년 〈트렌드 코리아 2017〉에 'YOLO LIFE(욜로 라이프)'가 등장했다. 그리고 현재 그 인삿말은 그들의 삶의 방식이 되고, 그들 세대를 대표하는 이념이 되어 문화 트렌드로 부상하고 있다.

'욜로'에는 명확한 원칙이 있다.
남을 위해 희생하지 않는다.
자신의 행복을 가장 중요한 목표로 삼는다.
자신이 느끼는 가치를 최우선으로 평가한다.

욜로는 무작정 흥청망청 살아가는, 충동적이고 말초적인 향락이나 소

보이지 않는 가치 발견하기 **PART 2**

비와는 분명히 구별되어야 한다. 지금 현재 마주하고 있는 하루하루에 충실하게 산다면 내일도 행복해질 수 있다는 삶의 철학을 담고 있는 것이 '욜로'이기 때문이다.

66

인생을 풍요롭고 아름답고 선한 것으로 생각하고 마음껏 즐기면
행복은 이미 당신의 손 안에 있다.

－－P. 호지스^{Paul Hodges}

행복·천지인

幸.

행幸은 선善 가운데서도 최고의 선善이다. 선 中 선.

인생의 목적 중 가장 큰 목적이다. 목적 中 목적.

행幸에 대한 욕구는 끝이 없다. 욕구 中 욕구.

福.

복福은 한 글자이나 읽는 이에 따라 다르게 읽힌다.

어떤 이는 돈을 복이라 하고

어떤 이는 명예와 권력을 복이라 부른다.

하지만 돈도 명예도 권력도 손에 쥐면 언젠간 사라져버리는 것이니

사랑과 마음만이 남아 머무는 복이 된다.

예로부터 복 중의 복은 인복과 먹을 복이라 하였는데

어딜 가나 잘 먹고, 좋은 사람을 만나는 것만큼

좋은 복이 없음을 이르는 말인 듯 하다.

천天: 하늘에는 별이 뜬다.

지地: 지상에는 꽃이 핀다.

인人: 사람에게는 사랑이 깃들어 있다.

작은 민들레 홀씨가 퍼져서 민들레밭을 이루듯 우리의 선한 영향력이 천지 곳곳에 퍼져서 오늘보다 내일이 더 따뜻해지고 행복해질 수 있기를 바라본다.

66

인생은 자신을 찾는 것이 아니라 자신을 만들어가는 것이다.

-G. 버나드 쇼 George Bernard Shaw

어머니

'어머니'라는 단어는 생각만으로 가슴이 벅차오르게 한다.
그래서 오늘도 말해본다. '어머니, 당신을 사랑합니다.'
앞으로 얼마나 더 많이 사랑한다는 말을 해드릴 수 있을까?

좋은 것만 보여드리고 싶은 마음과 달리
나이가 드실수록 어머니가 겪는 일은 지인과의 사별,
가족과 세대 간의 갈등 같은 것이니 행여 우울해하실까 두려워진다.
그래서 외로움을 가장 크게 느끼실까 늘 경계하며 살피려 한다.

어머니의 연세 어느덧 구순, 고생만 하시던 우리 어머니.
날이 갈수록 눈에 띄게 주무시는 것, 움직이시는 것을 어려워하시니
그것이 눈에 밟혀 마음이 아프다.
요즘 같은 날에 마음 편안하게 손을 잡고 함께 숲속을 걸으며
나뭇가지 사이로 들어오는 햇볕의 따뜻함을 쬐어드리고 싶다.

어머니의 지난 시간은 온통 우리였다.
그렇게 우리에게 준 사랑과 희생이
지금의 우리의 삶을 지탱하고 있는 것이 아니겠는가.

보이지 않는 가치 발견하기 **PART 2**

그렇게 어머니의 덕으로 살아온 우리가
이제 건강을 찾아드리고, 웃음을 찾아드려야 하는데
문득문득 그것이 어려워 눈물이 날 때가 있다.

어머니, 그저 오늘 하루 함께 무사히 보낼 수 있어 행복합니다.
당신의 삶이 세상에서 가장 가치로운 것이었으니
오늘도, 내일도, 오래오래 행복과 사랑만 받으시며 함께해요.

감사합니다. 고맙습니다. 죄송해요.
많이 사랑합니다. 어머니!

66

어머니란 어떤 역할도 대신해 줄 수 있는 사람이다. 하지만, 그 어
떤 사람도 어머니의 역할을 대신해 줄 수는 없다.

-Cardinal Mermillod

chapter 2

연습과 끈기로
원하는 대로
변화하기

꿈

일본인들이 즐겨 기르는 관상어 중에 '코이'라는 잉어가 있다.

'코이'는
작은 어항에서 키우면 10㎝ 정도밖에 자라지 않지만
연못에 넣어두면 30㎝까지 자라며
강물에 풀어주면 1m까지 자라게 된다고 한다.

꿈을 가두면 꿈이 작아진다.
스스로 자신의 그릇을 한정지어 버리면
꿈도 그 그릇보다 크게 자라지 못한다.

그러니 꿈을 가두지 말자.
꿈을 크게 가져야 그만큼 자신이 성장할 수 있다.
큰 꿈을 어떻게 가져야 할지 모르겠다면
'작심삼일.' 처음 삼 일만 가져보자.
그리고 삼 일이 지났을 때 지난 삼일을 되돌아보며
아주 조금만 더 큰 꿈을 가져보자.
삼 일마다 다시 새롭게

보이지 않는 가치 발견하기 **PART 2**

'난 멋진 사람이다!', '나는 할 수 있어!', '내가 주인공이야!'
라고 말해주자.
그러면 어느새 삼 일이 지난지도 모를 만큼
오래 꿈꾸고 있는 자신을 발견할 수 있을 거다.

66

잘 보낸 하루가 행복한 잠을 가져오듯이
잘 쓰인 인생은 행복한 죽음을 가져온다

-레오나르도 다빈치

달인

어떤 사람이든 하나의 일에 오랜 기간 매진하면 달인達人이 된다 한다.
종이 박스를 잘 접는 달인, 세공을 잘하는 달인,
세상에는 참 많은 달인이 있다.

나는 내 인생에서 어떤 일에 달인이었을까?
가장 긴 시간을 해왔던 일은 학문을 깨우치는 일이었다.
하지만 책을 많이 보았다 해서 책 표지만 보고
내용을 깨우치는 재주를 얻을 수 있는 것도 아니요,
식견이 넓어진다고는 하지만, 아직도 나이가 들수록
모르는 것이 이토록 많은 것에 놀라곤 한다.

본바탕이 충직하여 의리를 좋아하며
남의 말을 가려서 알아듣고
남의 눈을 꿰뚫어보는 총명이 있고
생각이 치밀하면서도
겸허한 태도를 가지는 것.

내가 학문을 하며 바라는 것이 있었다면 그런 것이었으나

지금 생각해보면 그 모든 것의 달인이 되려는 것도

나의 과욕이었던 것 같기도 하다.

그저 학문을 통해 하나를 알게 될 때마다

하나의 작은 기쁨을 얻었던 것

그것으로 족하다 생각하던 이제껏처럼 살아야겠다.

학문의 달인도, 공부하는 사람이 천직도,

운명이라고도 생각지 말아야겠다.

운명이라 높이기엔 아직 공부하지 못한 것이

너무 많은 것 같기 때문이다.

66

스스로 정한 목표를 향한 여정에서 즐기는 일에 전적으로
몰두할 수 있을 때 가장 행복하고 최고가 될 수 있다.

-얼 나이팅 게일 Earl Nightingale

명품 차 인생

'명품 차'를 보면 '저 차는 얼마나 빨리 달릴 수 있을까?'를
마치 경쟁처럼 떠올리곤 한다.
하지만 사실 명품 차는 엑셀러레이터보다 브레이크가 더 잘 듣는다.
빠르게 달리는 것보다 안전하고 부드럽게 멈추는 것이
더 어렵고 더 중요하다는 것 아닐까?

우리 인생도 매한가지이다.
열심히 달리느라 정작 삶의 의미가 무엇인지 자문할 시간도 없이
살아가는 현대인들은 마치 모든 연료를 태워버릴 듯 방황하는
자동차와 같이 느껴진다.

하지만 인생에 있어 만족스러운 삶을 살았다는 사람들은
자신이 얼마나 빨리, 긴 거리를 달려왔는가?보다
얼마나 많은 멈춤의 시간을 잘 인내하고, 고통을 견뎌내고
달리는 시간을 즐겼느냐를 더 중요하게 여긴다.

유명한 희극배우 찰리 채플린은 "인생은 가까이서 보면 비극이고
멀리서 보면 희극이다"고 말했다.

나는 나와, 내 아내와, 가족이 느끼는 우리의 삶이
가까이에서도, 멀리서도 희극이었으면 좋겠다.
그렇기에 잠시 멈추는 시간을 조바심내지 않고,
혼자 빨리 달려가려 하지 않고,
함께 발을 맞춰 걸어가리라.

"

어리석은 사람은 행복을 먼 곳에서 찾지만, 지혜로운 사람은 스스
로의 노력으로 행복을 만들어 간다.

-J. 오펜하임 James Oppenheim

직업관

셰익스피어는 "세계는 무대요 인생은 배우다"라고 했다.
이 세상은 극장과 같고 무대와 같아서 우리는 사회라는 무대에서
저마다 자기에게 맡겨진 역할을 하는 배우가 되는 것이다.

모두가 어릴 적에는 주연을 꿈꾼다.
하지만 커갈수록 내가 주연이 아닐 수도 있다는 것을 깨닫는다.
조연일수도, 아니 대사 하나 없는 엑스트라일 수도 있겠지.
누군가는 왜 주연이 아닌지, 원하는 역할이 아닌지 화를 내며
원하지 않았던 내 역할을 대충 연기하면 그만이라 생각할지도 모른다.

내 인생을 대본으로 만든다면
내 역할의 이름 바로 옆에는 어떤 직업이 적히게 될까?
나는 어떤 역할이라도 자랑스럽게 연기해낼 수 있을까?
자기가 맡은 역할에 긍지와 애정을 가진다는 것은 곧
올바른 직업관을 가진 사람을 의미한다.

하지만 분명한 건 누군가는 무대 한 귀퉁이의 서 있는 나무 역할도
너무 즐겁고 자랑스럽게 해낼 것이라는 점이다.

그런 마음가짐과 직업관을 가진 사람이라면,
그 어떤 주연도 부러워할 만한 배우로서 살아가고 있는 것 아닐까?
어떤 역할로라도 그런 배우가 되어보고 싶다.

66
우리를 행복하게 만드는 시간이 또한 우리를 지혜롭게 한다.
-J. 메이스필드 John Masefield

소중한 관계의 인연

사람은 태어나면서부터 수많은 관계를 맺으면서 살아간다.

우리 모두의 처음은 엄마였다. 갓난아기는 엄마의 젖을 빨고 사랑이 가득 담긴 엄마의 눈빛을 바라보며 무한한 모성의 사랑을 느낀다. 그렇게 첫 관계가 맺어진다.

피를 나누지 않아도 관계는 맺어진다. '칼릴 지브란'의 저서 〈예언자〉가 말하는 '우정'이라는 관계처럼 모든 생각과 욕망, 기대를 나눌 수 있는 관계도 있다. 그런가 하면 '연인' 이라는 관계 속에서 뜻밖의 자신을 발견하기도 한다.

관계는 마음의 위안과 사랑을 위해서만 존재하지도 않는다. '헤르멘 헤세'의 〈데미안〉에서처럼 스승과 제자의 관계 안에서 허물을 벗고 진정한 자아를 발견해나가는 '변화'와 '성장'의 과정을 경험하기도 한다.

인생을 살아가면서 맺어 가게 되는 수많은 관계 안에서 우리는 잠시 멈추고 진정으로 생각해 보아야 할 것이 있다.
나는 관계 안에서 성장하는 삶을 살고 있는가?

바쁘게 살아가다가 문득 잠시 멈춰 삶을 돌아보았을 때, 스스로의 삶에 철학적 질문을 건네게 된다.

'나는 무엇을 위해 살아가고 있는가?' 그리고 그 삶의 목표에도 관계가 존재한다.

결국 아무리 성공을 하고 지위를 얻고 명성과 재물을 취해도 진정한 관계를 떠난 삶을 상상하기 힘들 것이고 우리네가 살아가는 이 세상도 관계를 떠나서는 아무것도 생각할 수 없을 것이다.

열심히 살아감으로써 지키고 싶은 관계, 더 좋게 만들고 싶은 관계 등등, 모든 관계는 때론 살아가는 목표 자체가 되기도 하기 때문이다.

66

훌륭한 사람이 가진 최대의 장점은 일상생활에서 일어나는 아주 작은 일에도 친절과 사랑을 베푸는 것이다.

-W. 워즈워스 William Wordsworth

소유

'The more he has, the more he wants(가질수록 더 원한다).'

재물에 대한 인간의 집착은 영국 속담으로 전해 내려오기까지 한다. 얼마나 오래 이어진 생각이기에 속담으로까지 남는 것일까? 재물에 대한 인간의 집착은 저 한마디로 설명할 수 있다.

정의의 부재가 사회를 부수고, 부서진 사회가 개인들을 무너뜨리는 것을 눈으로 보면서도 우리는 여전히 욕망의 요구를 외면하지 못한다. 어차피 무너질 사회라면 내가 먼저, 더 많이 가지는 것이 나의 안전을 보장해줄 것이라 생각하며, 더 가진 사람을 무너트리는 쪽에 설 수 있을 것이라 확신한다. 그렇기에 소유를 향한 집착이 사라질 리 없다.

몇 해 전, '무소유'라는 책과 말이 유행하기도 하였다. 하지만 사람들은 결국 무소유를 말하고 실천하는 몇몇 이들을 존경하면서도 자신이 무소유로 살아가기는 두려워한다. 결국 모두 현실 앞에 무력해질 뿐이라는 것을 너무나 잘 알고 있기 때문이리라.

20세기 유럽 최고의 철학자로 간주되는 사르트르는 "철학자란 늘 죽음을 생각하는 사람"이라고 하였다.

'결국 모두 두고 가야 한다.'

아무리 큰 욕망으로 모은 재물도 모두 두고 가야 한다. 무소유를 깨우친 성인이나 철학자들은 늘 죽음을 생각하지만 보통 사람들은 자신의 죽음과 삶의 유한성을 생각하지 않으려 한다. 하지만 깨닫든, 깨닫지 못하든 인간의 삶은 무한하지 않으니 우리 모두 언젠가 죽는다. 그리고 가지고 갈 수 없는 모든 것이 유한한 것임을 깨닫는다면 그렇게 가지려 할 리가 없는데도 가진 것에 만족하지 못하고 더, 더 가지려 한다.

'모든 소유는 나누기 위해 존재하는 것인지도 모른다.'

인도의 브라만 계급 사람들은 은퇴할 때가 되면 평생 모은 재물을 가난한 사람들에게 나누어 준 다음 자신들의 연명에 필요한 최소한의 재물만 갖고서 부부가 함께 숲이나 산속으로 들어가 명상을 하면서 여생을 보내는 것이 그들의 오랜 전통이라고 한다.

결국 무소유가 아니라 소유를 서로 나누는 것이야말로 시간의 변화가 가져오는 존재의 덧없음을 극복할 수 있는 유일한 길이 아닐까? 소유란 가지지 말라는 것이 아니라, 덜 가진 자에게 나눠주라는 신의 뜻일지도 모른다.

66

행복은 가진 재물이나 다른 사람들의 평가보다는
자신의 태도에 달렸다.

-A. 쇼펜하우어 Arthur Schopenhauer

　　　　　　　　　　　　보이지 않는 가치 발견하기 **PART 2**

야생의 열매

채소는 겉으로 보기에 잘 자랐는지 생육상태와 색깔, 모양을 보는 것
만으로 대략 어느 정도의 맛임을 쉽게 알 수 있지만

과일을 사는 건 꽤나 어려운 일이다.
보기에는 예쁜 사과가 먹어보면 시기만 할 때가 있는가 하면
보기에 크고 달아 보이는 배가 먹어보면 아무 맛도 없을 때가 있다.
그런가 하면 한 박스 안에 함께 들어 있던 포도가 어떤 것은 달고, 어
떤 것은 신 경우도 있다.

그런가 하면 보기에 작고 초라해 보여 아무 기대감 없이 먹었다가
상상도 못 했던 맛을 느낄 때도 있다. 그럴 때면 너무 맛있어서 먹기
전 가졌던 의심이 미안해지기도 한다.

우리말에 '빛 좋은 개살구'라는 말도 있지 않은가.
그만큼 과일은 겉만 보고 샀다가는 낭패당하기 십상이다.
사람도 과일과 매한가지.
무엇이든 겉모습을 보고 쉬이 판단해버려서는 안 된다.

과일은 먹어보지 않으면 알 수 없고,
사람은 겪어보지 않으면 알 수 없는 법이다.

66
기쁨은 나누지 않으면 금방 사라져버린다.

−A. 섹스턴 Anne Sexton

신

日本에는 무려 800만의 신神이 있다.
그야말로 만물에 신성이 깃들어 있다는 종교관이다.
얼마나 많은지 발길이 채이는 돌멩이도
신이 될 수 있다고 믿는다고 한다.
그것은 자연재해가 많은 섬 국가에 사는 이들이 느낀
자연의 경이로움과 두려움이 만들어낸
일본만의 신에 대한 경배일지도 모른다.

그래서인지 일본인들의 생활 속을 들여다보면
다양한 신앙과 종교와 사상이 혼재되어 있다는 느낌을 받는다.
가족이 죽으면 불교식으로 장례를 치르고
명패를 세우고 집 한쪽에 불단을 만들어 매일 인사를 한다.
아이가 태어나 자라는 과정에서는 신사에 가 인사를 하고
민속 신앙에 따른 세시풍속을 따른다.

요람에서 무덤까지.
온 세상에 신이 깃들어 있다고 생각하는 건 어떤 마음일까?

보이지 않는 가치 발견하기 **PART 2**

신이 깃들었기에 더 귀중하게 여기게 되는 것일까.

아니면 화를 입을까 하는 두려움에 따르고만 있는 것일까.

문득, 그들의 신이 궁금해지는 날이다.

66

과거에 머물지 말며 미래를 꿈꾸지도 말고,

현재의 순간에 마음을 집중하라.

-붓다^{Buddha}

도전하는 아내

아내를 한마디로 표현하라고 했을 때 떠오르는 단어는 선생님!
내 아내는 대한민국 꿈나무가 될 아이들의 선생님이다.
아이들과 울고 웃으며 아이들께 행복한 꿈을 꾸게 해주겠다는 아내는
정말 교사가 천직인 사람이다.

아내는 26년 동안 아이들의 선생님으로 살아왔다.
하지만 그런 아내에게도 지난 2년간의 시간은 처음 경험하는 일들뿐
인 힘든 시간이었다. 매일 아침 6시 코로나19 뉴스 특보를 확인하고,
수시로 변하는 방역 대책과 확진자 소식에 귀를 기울이며, 하루하루
살얼음판처럼 어린이집을 운영해야 했기 때문이다. 어린아이들이 생
활하는 어린이집이다 보니 비상상황도 여러 번, 처음엔 길어야 몇 달
일 거라 생각했으나 장기전이 되면서 마음 한켠에는 이 또한 무사히
지나갈 것이라 서로를 위로해보지만 혹시나 하는 두려움으로 안 그래
도 생각이 많은 아내는 잠을 못 자는 날이 많았다. 그래도 포기하지
않고 매일 매일 최선을 다하며 보육현장에서 쌓은 경험으로 2년이라
는 긴 시간 동안 열심히 준비해온 끝에 국공립어린이집 위탁운영자
선정에 당선되었다. 포기하지 않고 꿈을 향해 노력해준 아내에게 진
심 어린 축하를 보내주고 싶다.

1991년, 아이를 낳은 지 얼마 되지 않았을 때, 아이들을 가르치고 함께하고 싶다는 마음으로 보습학원을 시작했다. 갓 태어난 딸아이에 대한 미안함이 컸고 이후로도 아이를 키우는 문제에 대해 고민이 커져가며 어떻게 하면 아이를 잘 키울 수 있을까 방법을 찾던 중 보육교사가 되어 어린이집을 운영해보기로 했다. 그렇게 1995년 시작한 어린이집이 어느덧 26년이 흘렀다. 그 사이 아이는 다 큰 어른이 되었고, 아내는 여전히 아이들의 웃음과 재롱에 함께 웃으며 삶의 고마움을 느낀다. 그리고 더 훌륭하고 좋은 선생님이 되기 위해 2007년 사회복지사가 되어 낮에는 어린이집에서 아이들과 함께하고 다시 배움에 도전하며 야간 대학에서 아동학 학위를 취득하였다.

돌이켜보면 아내의 지난 인생은 대부분이 아이들과 함께했던 시간이었다. 아동보육과 교육 사업에 대해 고민하지 않은 날이 없었다. 하지만 지금도 처음 개론서를 배우던 그 날처럼, 처음 어린이집에 온 아이를 만나던 그 날처럼 아이들의 성장, 발달과정을 공부하고, 어떻게 하면 더 전문적이고 효율적인 교육 방법을 찾을 수 있을지, 아이들이 어느 한쪽에 치우치지 않고 고르게 커갈 수 있을지 심리학, 교육학, 사회학적인 측면까지 깊이 있게 공부한다. 특히 최근엔 아동치료 프로그

램의 인지치료/언어치료/놀이치료/미술치료 등 전문적으로 심리 상담을 공부하고 있다. 그런 아내를 보면 어떤 한 분야에 전문인이 되려면 얼마나 많은 노력이 필요한 지 새삼 대단하다는 생각을 하게 된다.

아내는 늘 바쁘다. 그리고 늘 하고 싶은 아이디어로 머릿속이 가득 찬 사람 같다. 3년 전부터는 '청개구리맘 청소년 무료 급식소'에서 후원과 봉사를 하며 자신의 생활도 더 충실하게, 보람 있게 바꾸고 싶다고 하였다. 그런가하면 올해부터는 자기계발과 건강한 마음을 가꾸기 위해 주 2회씩 '장구'와 '난타' 수업에도 등록했다며 즐겁게 말했다.

물론, 그 많은 일을 하려니 몸이 아프기도 하고, 좋은 만남과 좋은 일만 일어나지는 않을 테지. 화가 나 속으로 삼켜야 하는 날도 있겠지만 언제나 그렇듯 혼자 침묵을 삼키듯 그런 부정적인 생각을 삼키는 아내를 보면 늘 새롭게 살아가려는 노력만으로도 충분히 감탄하게 될 때가 많다.

2월 20일 오늘은 우리의 32주년 결혼기념일이다. 결혼 32주년을 맞으며 깨닫게 되는 것은 '살아간다는 것', '행복하게 산다는 것'은 결국 가족과 함께하는 것이 가장 큰 행복을 누리는 것이란 생각이 든다.

그리고 아내와 내가 이룬 우리 가족의 중심에 우리 딸 소영이가 있다. "자기의 삶을 깊이 사랑하라"고 가르쳐온 딸, 우리의 바람대로 잘 자라 고등학교 무용 선생님이 된 하나밖에 없는 딸 소영. 딸아이의 점심 식사 대접에 눈시울을 붉히면서도 빨리 좋은 신랑감 데려오라고 살짝 눈꼬리 올리는 당신.

10년 후, 국공립어린이집 은퇴계획을 상의하며, 새롭게 펼쳐질 인생의 2막 앞에서 우리의 삶의 의미와 가치를 또 다시 되짚어보며 앞으로 더 값진 가치를 발견하겠노라 다짐해본다. 여전히 코로나로 힘든 나날이지만, 마음만은 뽀송뽀송한 하루가 되길……. 파이팅!

66
삶에서 얻을 수 있는 한 가지 확실한 행복은
사랑하고 사랑받는 것이다.

-G. 샌드 George Sand

chapter 3

진심을
헤아리며
살아가기

연분

신^{God}이 내게 하셨던 몇 안 되는 좋은 일 중 하나는
나와 아내를 태어나게 하시고 짝지어주신 것일 게다.

사는 내내 오롯이 나 하나의 힘으로 서서 살고 있다 자신했으나
아내를 만난 후 내가 반쪽짜리 다리로 살고 있었다는 생각이 들었다.
인생의 반쪽을 찾는 것이 결혼이라면
나는 내 반쪽을 잘 찾았으니 얼마나 다행스러운가.

그 덕에 오늘도 참, 행복했다.
너무 행복이 크게 느껴져 그것을 글로 적는 것조차
부족하다는 생각이 들었다.

신의 존재를 의심할 만큼 힘든 순간이 앞으로의 인생에 벌어진다면
내 옆에 아내를 보며
신이 아직 있음을 믿을 수 있을 것이다.

아내는 나를 안심하게 한다.
삶에 안심하게 하고,

앞으로의 미래에 안심하게 한다.

그 무엇보다 큰 안심이 나를 더 행복하게 만들고 있다.

1990. 2. 20.

66

사랑은 두 개체가 서로 보호하고 느끼고 반기는 데서 생긴다.

-R. M. 릴케|Rainer Marie Rilke

배우자

삶은 계산한 대로 흘러가지 않지만,
간혹 인생의 어떤 문제들은 산수 문제처럼 계산이 필요할 때가 있다.

이를테면 배우자에 대해 생각해볼 때
'이 사람이 지금 어떤 사람인가?'가 아니라

'이 사람은 장차 어떤 사람이 될 것인가?'
'어느 곳을 향하고 있는가?'
'어떻게 성장할 것인가?'
'20년 후에는 어떻게 되어 있을 것인가?'
같은 것을 계산하듯 촘촘하게 살펴보아야 한다.

결혼은 수십 년에 걸쳐 삶을 나누고 함께 보살펴나가는 과정이다.
그러니 과거보다는 현재를,
현재보다는 아주 먼 미래를 바라보아야 한다.

'상대방이 나와 같은 방향을 향해 성숙해가고 있는가?'
'나와 함께 성장해갈 수 있을 것인가?'를

아주 신중하게 계산해보아야 한다.

그래서 배우자를 고르는 것은 인생에서 가장 어려운 문제와 같다.

수학 문제를 계산하듯 명확한 답은 어느 정답지에도 나오지 않으며

너무 큰 사랑으로 내가 원하는 사람이라는 오답을

정답으로 믿기도 한다.

사랑을 버리지 않되, 사랑과 무관하게 잘 계산해보아야 한다.

이 사람과 앞으로 몇십 년의 삶의 여정을 함께할 수 있는지 말이다.

66

자신의 인생을 어떻게 살 것인가를
선택하는 것이 바로 행복의 비밀이다.

-L. 버스카글리아 Leo Buscaglia

미안하다

어릴 때에는 잘못을 해 놓고도
미안하다는 말을 하는 것이 '지는 것' 같아 참 어려웠는데,
나이가 들수록 미안함이 늘어난다.

무엇이 그리 미안한지 물으면
무엇이라고 딱 꼬집어 이야기할 수 없는 순간에도
미안하다는 생각이 들어 고개를 숙이게 된다.

『자기 앞의 생』을 읽었다.
사람은 사랑 없이는 살 수 없으며,
사랑하는 사람이 있다면 계속 살아갈 수 있다는 말이
가슴에 오래 남았다.

생은 누구에게나 주어지는 것임에도
누군가 나를 보아주는 사람이 있어 그 삶이 의미를 갖는다는 말에
내 삶의 의미를 떠올려보았다.

더 소중해질수록

더 소중하게 대하지 못해 미안해지고,

더 사랑할수록

더 사랑해주지 못했던 일이 미안해진다.

66

잃어버린 것을 보지 말고 지금 당신이 가진 것을 보라.

-R. 슐러 Robert Schuller

인연

'믿는 도끼에 발등 찍힌다'라는 속담을 두고
'믿으니 발등을 찍힌다'라고 한다고 한다.
그 말을 듣고 보니 무릎을 탁 치게 되는 것이었다.
발등이 찍히기 싫으면 도끼를 믿으면 안 되는 것일까?
하지만 도끼를 들지 않으면 나무를 벨 수 없음이다.

상처를 주는 것도 사람이요,
그 상처 난 마음을 어루만져주는 것도 사람이다.
그래서 사람이 상처를 주는 것을 누구보다 잘 알면서도
우리는 또 사람 안에서 살아간다.

움켜쥔 인연보다 나누는 인연으로
각박한 인연보다 넉넉한 인연으로
기다리는 인연보다 찾아가는 인연으로
의심하는 인연보다 믿어주는 인연으로
슬픔 주는 인연보다 기쁨 주는 인연으로
무시하는 인연보다 존중하는 인연으로
흩어지는 인연보다 하나 되는 인연으로

속이는 인연보다 솔직한 인연으로
짐이 되는 인연보다 힘이 되는 인연으로 살아야 한다.
그대는 혼자가 아니다.
우리는 모두 언제 상처받을지 모르지만
한 번도 발등이 찍히지 않은 사람처럼
또 사랑하고 살아가야 한다.

공손하고 친절한 태도가 결코 손해를 끼치는 경우란 없다.
정중함은 돈이 전혀 안 들면서도
상대방에게 큰 기쁨과 사랑을 전해준다.

- E. 위먼 Eastus Wiman

감정의 표현

사람은 누구나 "좋아한다"는 말을 듣고 싶어 한다.
그러나 아이러니하게 다른 사람에게 '그걸 꼭 말로 해야 해?' 하면서
답답한 말을 하는 사람들이 있다.
무슨 생각을 하는지 도대체 알 수 없이 행동하다가
갑자기 저런 말로 응수하는 것이다.

좋아한다고 표현하기를 꺼린다.
특히 가족과 같이 가까운 사이에서는 더 그렇다. 가족에게 부정적인
표현은 잘 하면서 긍정적인 표현은 못하는 사람이 의외로 많다.
다른 사람에게서 호감을 얻는 가장 빠른 방법은
상대를 좋아하는 것이다.
그리고 그 감정이 반드시 상대방에게 전달돼야 한다.
좋아하는 감정을 제대로 전달하려면
'좋아하는 마음'을 표현해야 한다.

말하지 않아도 알아줄 거라는 생각은 하지 마라.
말을 해야 안다.
좋으면 좋다! 싫으면 싫다!

괜찮으면 괜찮다! 힘들면 힘들다! 고마우면 고맙다!
미안하면 미안하다!
할 말이 있으면 말로 하세요.
사람들이 독심술을 가진 것도 아닌데
말을 하지 않는데 어떻게 아나요?
본인이 말하기 싫어 말하지 않은 것을
왜 남이 알아서 알아줄 것이라 생각하는 것일까?

말하지 않아도 전해진다고 생각한다면 큰 착각이다.
사람들은 말하지 않는 타인의 생각 같은 것에
전혀 관심이 없다.

66

쉽게 기쁨을 느끼는 사람이 가장 풍요롭게 사는 사람이다.

-H. D. 소로 Henry David Thoreau

사람 냄새 나는 인간

살아가다 보면 한없이 스스로가 작아 보일 때가 있다.
이렇게 오래 살아왔는데
어쩜 이런 작은 일 하나가 이토록 어렵고 힘든지
스스로가 싫어지는 날이 있기 마련이다.
그럴 때에는 유독
다른 사람들은 무슨 일이든 쉽게, 당당하게
잘 헤쳐나가는 것 같아 보이곤 한다.

하지만 한 발짝만 더 떨어져 보면
사람 사는 것이 다 매한가지더라.
뭐든 어려운 사람도 없고, 뭐든 쉬운 사람도 없으니
인생 너무 어렵게 살지 말자.

실수를 하고, 시행착오를 겪어야 하나를 해내는 것도
모두 우리가 사람 냄새 나는 이들이라 그런 것이려니 해라.
세상의 모든 사람들이 나를 좋아해 줄 수는 없다.
그러니 그저 내 길만 걸어가면 된다.
이 세상 최고의 명품 옷은 바로 "자신감"을 입는 것이다.

"

매일매일을 마치 내 인생의 최초의 날인 동시에
최후의 날인 것처럼 살아라.

-작가 하우트만

삶

산다는 것은 매우 치열하게 싸우는 것이다.

모든 싸움은 나 자신과 먼저 시작된다.

나의 안일함과 싸우고, 나태와 싸워야 하며

불쑥 올라오는 이기심과 싸우고 온갖 약점과 싸워야 한다.

부끄럽게도 내 승률은 그다지 높지 않아

어떤 날은 내가 패배하고, 어떤 날은 승리한다.

10분 더 자는 단잠의 달콤함에 패배하는 날에는

하루 종일 나의 나태함에 자괴하며 보내게 된다.

1시간 더 먼저 일어나 운동을 한 날에는

하루 종일 조금 더 길어진 하루에 승리자의 뿌듯함을 만끽한다.

그렇게 하루하루의 승리와 패배가 쌓여

다시 한 번, 또 한 번 나를 믿고

큰 싸움에 도전할 수 있는 용기를 얻는다.

그러니 싸우는 것을 포기해버릴 수가 없는 것이다.

나는 이제껏 살아오며 얼마나 많은 싸움에서

승리자가 되었던가?

보이지 않는 가치 발견하기 **PART 2**

지나고 나면 내가 겪었던 승리와 패배가
내 인생을 대변해줄 가장 솔직한 성적표가 되겠지.

66

가장 존중하지 않으면 안 될 것은
산다는 것이 아니라 선량하게 산다는 것

−소크라테스 Socrates

결혼과 사랑

한 사람의 인생을 외로운 솔리스트에 비유한다면
결혼식은 아름다운 음악이 흐르는 인생^(生)의 이중창이다.
그리고 그 결혼식이라는 찰나의 순간이 지나가면
결혼생활이라는 지속적이고,
성실함이 필요한 오랜 시간을 만나게 된다.

결혼생활을 지속적으로 영위하는 것만으로도
성실하고도 훌륭한 일이다.
사랑은 결혼의 가장 으뜸가는 조건이지만
사랑만으로 결혼생활을 유지할 수는 없다.

넥타이가 마음에 안 들면 매지 않으면 그만이고
책이 재미없으면 읽지 않으면 그만이다.
그러나 사랑과 결혼은 단지 선택의 문제가 아니다.
마음에 안 든다고 마음대로 집어던지거나 갈아치울 수 없다.
고로 결혼에는 인내와 배려와 아량이 필요하다.
잘못된 선택은 자신의 인생은 물론
상대방의 인생까지 불행하게 만들기 때문이다.

하지만 사랑이 전부가 아님에도 사랑이 가장 중요한 것이 결혼이다.
인간의 육체적 양식은 빵이지만
인간의 정신적 양식은 사랑이다.
책을 사랑하는 자가 책을 존중하듯이
사랑하는 상대방을 깊이 이해하고 존중해야 사랑이 유지된다.
그리고 그 사랑을 잊지 않아야 결혼을 유지할 수 있다.

우리 인생은 엄숙하고 존엄하다.
마치 도박에 빠지듯 즉흥적이거나 순간적인 감정으로
사랑을 선택해서는 안 된다.
우리 인생에는 정답이 없다.
그저 충실하게 흘러가는 하루하루가 있을 뿐이다.
그리고 결혼은 하루하루 사랑을 계속 쌓아가는 과정이다.

행복하게 살기 위해서는 영혼을 살찌게 하는
내적인 힘이 있어야 한다.

-M. 아우렐리우스 ^{Marcus Aurelius}

PART 3

—

시간여행으로
마음 채우기

chapter 1

보고 싶은 사람

오래

바라보기

인생찬가

인생은 짧고 덧없다.

"초로 같은 인생"

"인생은 일장춘몽"

"꺼져라, 짧은 촛불. 인생은 걸어가는 그림자에 지나지 않는 것!"

−영국의 대문호 셰익스피어의 『맥베스』 중

"우리의 심장의 고동은 무덤을 향해 행진하는 우리를 위해 북 치는 장송곡과 같은 것"

−미국의 시인 롱펠로우의 『인생 찬가』 중

어쩌면 살아가는 것이 아니라 죽어가고 있다는 말처럼

우리는 앞서거니 뒤서거니 하여 무덤으로 행진하고 있는 것 아닐까.

어짜피 걸을 길이라면

내 장송곡은 세상 가장 힘차고 씩씩한 행진곡이었으면 좋겠다.

엘가^{Elga}의 '위풍당당 행진곡'처럼.

66

행복은 자신이 만들어가는 것이지
남에게서 얻을 수 있는 것이 아니다.

-D. 제럴드^{Douglas Jerrold}

chapter 1 보고 싶은 사람 오래 바라보기   139

사랑하는 딸에게

우리 인간의 궁극적인 목표는 살아가는 것이고 그것이 우리가 매일 하는 일이다.

사람은 모두 각자 자신의 생을 살아가고 있기에 "하루하루는 과일이며 우리의 역할은 그 과일을 먹는 것이다"라고 이야기하는 사람도 있고 "만일 냉장고에 먹을 것이 있고, 몸에는 옷을 걸쳤고. 머리 위에는 지붕이 있는데다 잘 곳이 있는 사람이라면 당신은 이 세상 75%의 사람들보다 잘 살고 있는 것이다"라고 어떤 이가 얘기했다.

'잘' 살아가는 것이 모든 이의 소망이라면 나는 네가 잘 살아갈 수 있는 방법을 함께 고민할 것이며, 네가 어떤 것이 잘 살아가는 것이라 생각하는지가 궁금하단다. 이 세상에는 70억 명이라는 어마어마한 사람들이 살아가지만 민소영! 이 지구에서 유일한 존재! 소중한 존재라는 것도 잊지 말아라.

아빠가 살아오며 생각한 잘 살아간다는 것은 싸우지 않고 순리에 따르며 사는 것이었단다.

세상사 싸워서 모든 일이 잘 풀린다면 누구와도 미친 듯 싸우겠지만 모든 세상 일은 풀려가는 순서가 있고 순리가 있더라.

내가 조금 양보한 그 자리.

내가 조금 배려한 그 자리.

내가 조금 덜어놓은 그 그릇.

내가 조금 낮춰놓은 눈높이.

내가 조금 덜 챙긴 그 공간.

이런 여유와 촉촉한 마음이 나보다 조금 불우한 이웃은 물론 나 자신
의 희망공간이 되기도 한다.

살아가는 데 필요한 건 나 자신의 확고한 의지일 뿐이란다.

우리의 인생은 어떻게 선택하느냐에 따라 많은 것이 달라지지.

하나를 선택함으로써 모든 것을 잃을 수도 있고, 아무것도 선택하지
않았는데 모든 것을 얻은 것 같은 순간도 온단다. 하지만 살아가며 잃
지 말아야 할 것은 재산이 아닌 지식과 건강과 재능, 그리고 무엇보다
중요한 의지란다. 의지가 있는 사람만이 자기 삶의 주인이 되어 인생
을 자신의 뜻대로 이끌어갈 수 있기 때문이지.

아빠 또한 살아가는 길에 정답이 뭔지는 모르겠지만 훗날 누군가에겐
길이 되고 희망이 되면 좋겠다는 생각을 가지고 있다.

언제나 건강이 가장 우선이다.

늘 행복하게, 늘 즐겁게, 늘 하얀 이를 보이고 미소와 웃음 가득 그렇게 살아가도록 하자.

-2012. 6. 10. 아빠가

66

인간에게는 새로운 것을 알고자 하는 호기심이 있으므로 일단
전진하면 언제나 새로운 문이 열리고 새로운 일을 할 수 있게 된다.

-W. 디즈니^{Walt Disney}

커피

걷다 보면 한 사거리 건너마다 카페가 없는 골목이 없다. 지인과 약속을 잡을 때에는 으레 카페에서 만나는 것이 자연스럽다. 이쯤 되니 커피야말로 대한민국의 '국민 음료'라 부를 만한 것 같다.

농림식품부가 발표한 〈커피류 시장 보고서〉에 따르면 2017년 우리나라 성인 1인당 연간 커피 소비량은 377잔(아메리카노 커피 10g 기준)으로 매년 증가하였다. 물론 세계적으로도 하루 20억 잔 넘게 소비되니 물 다음으로 가장 많이 마시는 음료라 할 수 있다.

커피의 가장 잘 알려진 효능은 각성효과다. 카페인이 중추신경계를 자극하고 흥분시키는 작용을 해 정신을 맑게 하고 집중력을 높여 준다. 카페인은 이뇨효과와 숙취해소 효과가 있으며 항산화 물질인 폴리페놀이 많이 들어 있어 염증이나 심혈관 질환, 암, 알츠하이머, 파킨슨병 등에도 효과가 있다는 연구 결과가 많이 나와 있다.

실제 유럽 국제암연구소 등이 유럽 10개국 50만 명 이상을 대상으로 연구한 결과 하루 커피 석 잔을 마시는 사람은 커피를 마시지 않는 사람에 비해 오래 살 경향이 있는 것을 확인하였다고 하며, 커피가 수명 연장에 도움이 된다고 한다. 하지만 무엇이든 과유불급이라 하지 않던가, 카페인을 장기간 너무 많이 섭취하면 카페인중독이나 위장 질환을 일으킬 수도 있으니 '적당히'가 필요하지 않을까 싶다.

일상생활의 단순하고 재미있는 일들이 모여
참다운 인생을 만들어 간다.

-L. I. 와일더 Laure Ingalls Wilder

새 희망

2017년 12월 31일.
또 한 해의 종착역에 들어섰다.
한 해의 또 한 밤이 저물어 간다.
잘 살기도…
못 살기도 했다.

Good bye 2017
Happy New Year 2018
행복합시다, 우리 가족.
건강합시다, 아프지 말고.
사랑합니다, 마눌님! 딸!

2018년에는 잘 산 시간이 아주 조금만 더 많기를,
우리 가족이 소망하는 꿈이 하나 이상은 꼭 이뤄지길 기원한다.

사랑하는 우리 딸~
2018년 12월 31일에는 우리 딸에게도 사랑하는 사람이 생겨
가족이 늘어나면 참 좋겠다는 소망을 아빠는 한번 해본다.

터널 끝엔 다시 높고 푸르고 맑은 하늘이 있다.

지난 일들에 아파하지 말고, 미래를 두려워하지도 말고

지금 이 순간

소소한 행복 느끼며 사는 아름다운 시간들이 되게 하소서.

사랑해요.

—아빠가

66

인생의 행복은 당신의 생각이 어떤가에 달려 있다.

-로마 황제 마르쿠즈 아우렐리우스

딸과의 첫 해외 여행

새해가 바뀌었다는 것이 실감 난다.
정유년 2017년 12월 31일 부산김해공항을 떠나
무술년 2018년 1월 1일 Macton in Phippines ISLA Resort에 새벽
3시 20분 도착했다.

쉴 새 없이 이어지는 일정 속에 정신이 없다가도 따뜻한 날씨와 아름
다운 이국의 자연풍경과 빛과 공기와 정취가 여행의 낭만을 선사한다.
역사박물관, 수도원, 문화 유적지, 에메랄드 빛 바다.
바다 속 수백 종의 물고기와 함께 헤엄치는 스노쿨링 호핑투어는 색다
른 경험이다.

Macton Mart Shopping, ISLA Resort Swimming…

여행의 또 다른 재미에 현지 음식체험이 빠질 수 없다. 통창 밖으로
멋진 뷰를 보며 한 테이블 가득 채운 다양한 시푸드, 살이 가득한 크
레이지 크랩, 가리비 버터 구이 등의 맛깔스런 요리들이 산미구엘 맥
주와 찰떡 궁합을 이룬 행복한 저녁이었다.

딸과의 추억을 한껏 고소하게도 만드는 것 같다.

일상 외 잔잔한 작은 기쁨과 즐거움, 여행의 자유로움이 새로운 활력소가 된다.

이렇게 먼 땅까지 날아왔어도 시간은 늘 같은 속도로 흘러간다.

앞만 보고 달려온 시간들 약간씩 속도를 늦추고 강박적인 바쁨에 브레이크를 걸어본다.

66

감사할 줄 아는 마음은 미덕 중의 미덕일 뿐 아니라
다른 모든 미덕의 근본이 된다.

－키케로 Cicero

짧은 가족여행

2019년 6월 27일 아침, 5일간의 중국 북경/장가계 패키지 여행을 위해 비행기를 탔다. 이렇게 함께 여행을 떠날 가족이 있음이 얼마나 행복한가.

[베이징]
천안문 → 현존하는 왕궁 건축물 가운데 가장 큰 규모의 세계문화유산인 자금성으로 → 쿤밍 호수를 둘러싼 약 87만 평 공원 안에 조성된 전각과 탑, 정자, 누각이 즐비한 이화원.

[장가계]
자연 침식과 퇴적 기암괴석으로 둘러싸인 인공호수 보봉호 → 경이롭게 솟아오른 절경에 소름이 쫙~ 유네스코 세계자연유산 무릉도원 풍경의 빼어난 절경에 마음도, 눈도 즐거운 천자산 → 영화 〈아바타〉의 촬영지로 구름과 안개에 덮여 공중에 떠 있는 신비한 산 원가계 → 기네스북에 기록된 313m 암반을 뚫어 만든 천하비경 풍경을 볼 수 있는 세계 제일의 백룡엘리베이터 → 한번 보면 잊을 수 없는 천지조망에 넋이 나가버리는 최장 케이블카와 99회 굽잇길, 공중 위 천연동굴 → 절벽 위 산책로로 유명한 국가삼림공원 천문산.

가는 곳마다 감탄을 지르기 바쁘니, 여기가 바로 천국이구나! 정말 제대로 찾아왔다는 생각이 절로 드는 여행이었다. 우리 가족이 이렇게 함께 웃으며, 함께 숲속을 걸으며 이야기를 나누고, 맛있는 음식을 앞에 두고 서로에게 먹어보라며 권하니 행복이 이런 것이지 별건가 하는 생각이 들었다.

무심한 듯 서로 챙겨주는 가족들 덕분에 참 행복했던 순간순간들.
매순간 일어나는 일에 고마워하고 기뻐한다.
80억 명이 사는 세상에서 가장 소중한 사람은 지금 내 옆에 있는 가족.
삶의 위안도, 행복도 모두 가족과 함께 있어 가능한 일이다.
기. 승. 전. 가족의 행복!
앞으로도 소중한 순간들이 오면 따지지 말고 누리며,
오늘도 파이팅입니다.

-2019. 7. 1. 장가계 여행 마지막 날 새벽

66

일 분 동안 화를 내면 60초 동안 누릴 수 있는
행복을 도둑맞는 것이다.

-R. W. 에머슨 Ralph Waldo Emerson

chapter 2

인생을
가르는
생활 주체

공수래공수거 空手來空手去

상실의 아픔이 나를 덮친다.

1997년 6월 30일 19시 30분

119 구급차로 실려가시고 재해병원 입원, 퇴원.

동아대학교 병원에 입원.

아버님은 뇌경색 좌左 반신불수, 뇌사腦死 상태에 빠지셨다.

의사 선생님이 말을 거실 때마다 입에 올리기조차 싫었던

그것이 다가오고 있었다.

죽음의 문턱에 아버지가 서 계신다.

내가 느낄 수 있는 것은 불안과 초조, 고통과 긴장뿐.

죽음 앞에서 초연해지리라는 나의 의지는 멀리 느껴지며

형언할 수 없는 불안의 그 무엇이 뇌리 속에 파고든다.

시시각각 다가오는 죽음 앞에 항거하지 못하고

무능함에 피눈물 쏟아내는 불효자식…

죽음 직전까지 고통스러워하시는 아버님을 지켜보고만 있어야 하는

한없이 나약한 인간.

부처님의 자비와 지혜의 광명이 있기를 발원합니다.
오방내외안위제신께 발원합니다.
사바세계의 생로병사, 모든 번뇌와 고통의 억겁을 던져버리시고
당신의 우주 안에서 평안을 찾으시길 간절히 바랍니다.

부디 극락왕생을 도와주십시오.
나무 관세음 보살.
나무 관세음 보살.
나무 관세음 보살.

1997년 7월 10일 (음 6/6) 밤 12:02
69세의 일기로 끝내 아버님은 다시 돌아오시지 못할 먼 곳으로
떠나시고 말았다…

사랑하는 아버님!
이제 고해의 바다를 건너셨으니 백팔번뇌에서 해탈하시어
부디 부처님 자비의 광명을 찾으시길 발원 또 발원하옵니다.

아버님 전에 못다 한 불효는
어머님과 내 가족, 형제들께 다하겠습니다.
부디 부처님 곁에서 편안히 잠드소서.
이 불효자, 발원하옵니다.

사람은 자신이 생각한 대로 된다.

-부처 Buddha

시간여행으로 마음 채우기 **PART 3**

아함경 阿含經

산스크리트어 '아가마 *agama*'를 한자로 차음하여 '아함경'이라 하였다.
석가모니 부처님이 깨달음을 얻은 뒤 제자들에게 한 설법을
구전하다가 문서화하여 모은 초기불교의 기본이 되는 경전집이다.

〈아함경〉에 나오는 부처님의 가르침

과거를 따라가지 말고 미래를 기대하지 말라.
한번 지나간 것은 이미 버려진 것, 미래는 아직 오지 않았다.
다만 현재의 일을 자세히 살펴 잘 알고 익히라.
누가 내일의 죽음을 알 수 있으랴.

살다 보면 비 오는 날도 있고 갠 날도 있고,
바람이 부는 날도 있고,
흐린 날도 있고 맑은 날도 있다.
어떤 날에는 하늘이 나의 마음을 알고, 사람의 삶을 보살피듯
알맞은 비와 알맞은 햇빛과 알맞은 추위를 주는 것 같다가도
어떤 날에는 정성 들여 일군 모든 사람의 삶을 망가트리기도 한다.
그러니 우리가 사는 것 또한 하늘의 도리와 비슷해져 간다.

그저
내 의지대로 살아갈 수 있는 시간, 늘 지금이다.

지금을 살아갈 뿐이다.
"날마다 하루하루 살아가는 바로 이 마음."
그것이 바로 깨달음이다.

66

사람의 내면으로부터 발산되는 아름다움은
그 어떤 것보다 확실한 보증서가 된다.

-아리스토텔레스 Aristoteles

齒

사람은 평생 두 번 이가 난다.
태어나 얼마 지나지 않아 나는 것은 유치이다.

내 아이의 첫 이가 났던 순간이 아직 기억에 생생하다.
얼마나 신기하고 기뻤던가.
그렇게 하나하나 늘어나 유치 20개가 다 났을 때
마치 내 아이가 다 큰 것마냥 뿌듯했다.

그리고 그 유치가 빠지고, 그 자리에 영구치 32개가 난다.
어릴 적, 유치가 빠지면 어른이 되는 거라고
어머니께서 빠진 이를 지붕 위로 던지며
튼튼한 이가 나라고 기도하라고 하셨었다.
그땐 정말, 내 튼튼한 이를 까치가 물어다주는 것이라고 믿었다.

하지만 사람에 따라 다른 이도 있다.
나의 경우엔 임플란트 7개…
이제는 까치가 아닌 의사 선생님께 기도를 해야 하는 것일까?
부디 오래 맛있게 먹고 아프지 않도록 이를 주소서, 하고 말이다.

지나치게 큰 기쁨은 감당하기 어렵다.
오히려 잔잔한 기쁨이 가장 오래간다.

-C. N. 보비 Christian Nestell Bovee

코로나-19

2020년 2월 12일 KF94 마스크를 얻었다.

며칠째 1회용 마스크 주문을 계속 실패하다가 겨우 식구 수대로 3장을 구한 것이다. 아내와 딸이 좋아하는 모습을 보니 이 얇은 마스크 1장이 뭐라고 온 가족이 발을 동동거렸나 싶었다.

'COVID-19.'

우리 가족이 이토록 마스크를 찾아 헤매게 된 원인은 태어나 처음 들어본 바이러스 때문이었다. 새로운 유형의 코로나바이러스에 의한 감염질환, '코로나 바이러스 감염증 -19'라 불린다고 한다. 감염자의 비말(침방울)이 호흡기나 눈, 코, 입의 점막으로 침투될 때 전염되며 감염되면 약 2~14일(추정)의 잠복기를 거친 뒤 발열(37.5도) 및 기침이나 호흡곤란 등 호흡기 증상이 나타나는데 더러 무증상 감염 사례도 드물게 나오고 있다.

2020년 2월 20일 '코로나19'가 세계적으로 확산되면서 결국 국내에서도 금일 코로나19 환자 1명이 사망하는 일이 발생하였다. 그동안 '사스 바이러스'처럼 여러 번 바이러스로 인한 전염병을 보아왔지만 이토록 가깝고 위험하게 느껴진 적은 없었던 것 같다. 문득 집에 있는 마스크의 무게가 더 이상 가볍게 느껴지지 않았다.

마치 위험이 창궐하는 커다란 배 한 척에 내 가족을 태운 것 같은 느낌이다. 무사히 정박할 곳을 찾을 때까지 얼마나 걸려야 할까? 내가 걸리면 다른 사람들에게 옮겨 더 큰 폐를 끼칠 수 있다. 사는 동안 물을 마시기 위해 아주 잠깐, 마스크를 내리는 것만으로도 주변에 사람이 없는지 살피게 된다.

감기에 걸리면 감기약을 먹으면 되고, 병에 걸리면 병원에 가면 되니 더 이상 무지한 세상에 살고 있지 않다고 생각했었다. 아스피린 한 알이 없어 사람이 죽어가던 시대와는 확연히 다른, 명확한 시대에 살고 있다고 말이다. 하지만 정말 순식간에, 그 생각은 나의 오만이었음을 깨달았다. 치료약도, 치료법도, 정체도 모를 이 바이러스 하나로 말이다.

"지금 힘든 것은 앞으로 나아가고 있기 때문이고, 도망치고 싶은 것은 지금 현실과 싸우고 있기 때문이고, 불행한 것은 행복해지기 위해 노력하기 때문이다. 그러니 계속 묵묵히 그 길을 걸어가야 한다."

라는 글귀가 생각난다. 그저 묵묵히 나로 인해 더 이상의 피해가 없도록 조용히 걸어가야 할 때, 어서 코로나 19가 종식되고 정상적인 일상으로 돌아오길 기도한다.

이 세상에 행복한 시간과 바꿀 만한 것이 있을까?

-캐틸러스Catullus

시간여행으로 마음 채우기 **PART 3**

생사

"이랴~! 철썩~!"

이른 봄, 농촌의 밭에 울려퍼지는 소 채찍 때리는 소리에는
쟁기질이 느려져 행여나 밭 가는 게 늦어질까 하는
농부의 조급함이 서려 있다.
한시라도 늦어져 밭을 늦게 갈면 한 해 농사가 다 느려지는 것마냥.

어느 날 문득, 사람의 삶이 그 소와 다를 것이 없다는 생각이 들었다.
채찍질을 당하면서도 '음메~' 하고 소리를 내면서도
또 쟁기를 매고 터벅터벅 밭을 가는 소처럼
늙음은 사람을 쉼 없이 죽음으로 몰아가고
고통은 인생의 동반자처럼 끊임없이 찾아들어
쉬이 없어지지 않고 늘 따라다니는 듯하다.

혹자는 세상 모든 것이 마음 먹기에 따라 다르니
좋게 생각하면 다 좋아진다고 말하겠지만
그런 말을 하는 사람의 삶도 어느 한 순간에는 고통뿐이었으리라.
삶은 고통 없이는 아무런 깨달음을 주지 않으니

그저 고통이 오면 겸허히 받아들이고, 당연히 여기며
이 고통이 지나갈 것임을 믿고 견디는 자세의 차이가 있을 뿐이다.
그러니 고통 또한 생의 뒤에 오는 죽음처럼
당연한 것이라 받아들여야 하나 보다.

66

나이 든다는 것은 마치 등산과 같아서 높이 올라가면 갈수록
숨이 가빠지지만 그만큼 시야가 넓어진다.

-I. 베리만^{Ingmar Bergmam}

삶의 무늬

옛말에 시간을 흐르는 물과 화살에 비유한다.
물이 흐르듯 시간도 계속 흐르고
화살처럼 빠르게 지나기기 때문이다.
시간의 또 다른 의미로 세월이라는 단어가 있다.
이는 시간은 누구에게나 공평하게 주어지고
사람마다 어떻게 활용하는지에 따라
시간의 가치가 달라진다는 뜻을 내포하기도 한다.

여자는 나이와 함께 아름다워진다고 한다.
젊어 아름다운 것은 타고난 축복이지만
나이 들어 아름다운 사람은 그 사람의 삶을 부러워하게 만든다.

훌륭한 인격과 베풀 줄 아는 미덕을 가진 사람은
나이가 들수록 그 덕이 얼굴에 배어나온다.
고난의 아픔에 단련된 사람의 인격은 영원히 변하지 않는다.

그러니 당신의 인생이
큰 바람에 흔들려서 마음을 잃았다면

그 자리에는 흉터가 아닌 당신만의 삶의 무늬가 생겨났을 것이다.

그러니 흉터가 많은 삶이었다면

그 삶의 덕이 만들어낸 주름과 흔적을 더 자랑스러워해도 된다.

❝

환경이 우리의 행복을 좌우하는 것이 아니라

성품이 우리의 행복을 좌우한다.

-M. 워싱톤^{Martha Washington}

대통령 선거

"이 고장 사람들은 이 꽃이 귀한 줄 몰라 소와 말에게 먹이고 발로 밟아 버리기도 한다."

－〈완당전집阮堂全集〉

추사 김정희 선생은 10여 년간 제주에서 유배 생활을 하면서 자생 수선화를 무척 아꼈다고 한다. 그래서 추사 선생의 문집에는 수선화에 대한 이야기가 전해진다.

당시 서귀포에서 위리안치(집 주위에 울타리를 쳐 밖으로 못 나오게 하는 유배형)를 살아야 했던 추사 선생에게 수선화는 귀양살이의 아픔을 나눈 고결한 벗이었다.
그런 고결한 수선화는 나르시시즘Narcissism(자기애)을 상징하는 것으로도 유명하다. 수선화 피는 봄날, 우리는 나르시시즘의 더없는 병리적 자기애의 난장 무대를 구경하는 중이다. 대선을 코앞에 둔 후보들이 상대를 깎아내리고 잘난 자신만을 펼쳐 보이느라 여념이 없다.

어린 시절 유신독재, 경제개발 5개년 계획 등을 경험하기도 했다. 교련 시간이 있었던 고등학교 시절에는 교련복을 일상적으로 입고 다녔다.

광주민주화운동을 짓밟은 정권과 맞서 싸웠고 1987년 6월 항쟁의 주역이기도 했다.

거기에 대통령을 탄핵시키는 경험까지 한 격동의 시대를 살았기에 정치 이야기는 가급적 하지 않는다.

세상사와는 좀 거리를 두고 조용하게 살아가는 친구들이 많다.

편협한 나르시시즘의 퇴행적 환상에서 벗어나 성장의 발판이 되는 진짜 자기애를 보여줄 지도자를 가려내는 눈, 이번 선거를 잘 치르는 또 다른 지혜가 아닐까…

2022. 3. 9.

관용을 베풀 줄 아는 사람보다 더 훌륭한 사람을 나는 알지 못한다.

-F. 녹스 Frank Knox

—

PART 4

아름다운 공동체를
향한 여정

chapter 1

긍정의 힘이
만드는
시너지

소진 증후군

어디론가 훌쩍 떠나고 싶다.

하지만 무엇인가 발목을 잡고 있다.

떠날 수 있는데도 못 떠나는 인생.

쉬는 날에는 무엇을 해야 할지 몰라 방황한다.

삶은 갈수록 팍팍해지고 경쟁은 나날이 치열해진다.

하나라도 실패할까 두렵고 하나를 성공해도

부족하다는 생각에 숨이 턱 막혀온다.

쉴 줄 모르는 이들에겐 뭔가 고장 난 것이 있다.

성공에 대한 집착이 아닌,

실패에 대한 불안을 떨치지 못하는 현대인들.

'소진 증후군.'

과도한 업무량과 스트레스로 인해 뇌가 피로에 빠져

일에 대한 열정이 사라지고 일의 의미가 더 이상 느껴지지 않는

스트레스성 뇌 피로증이라 하는데

듣자마자 내가 그런 것이 아닌가? 하는 생각이 들어 가슴이 덜컥했다.

조심해야겠다.

늘 건강한 희망의 불빛은 밝혀 놓기로 하자.

사람은 사건 자체보다
사건에 대한 자신의 생각 때문에 잘못되는 것이다.

-M. 몽테뉴^{Michel de Montaigne}

쓰담쓰담

어릴 적, 나는 자주 이불을 차내고 자는 아이였다.
으레 어린아이가 그러하듯
조금만 몸이 차거나 찬 것을 먹으면 바로 배앓이를 하면서도
잠버릇이 어찌나 험했던지 어머니께서는 늘
이불 차내고 자지 말라는 이야기를 하시곤 했다.
하지만 아침에 일어나면 늘 이불이 내 목까지 올라와 있었기에
나는 내가 이불을 그토록 차낸다는 것을 모르고 자랐다.

이불을 차내고 자던 아이가 아침에 목까지 이불을 덮고 있던 이유를
알게 된 것은 훌쩍 자라 사춘기도 지난 후의 일이었다.
웬일인지 이른 새벽녘에 살짝 잠이 깼는데 잠결에 어머니의 기척이 느
껴졌다. 어머니께서는 내 방문을 살짝 열고 들어와 이불을 목까지 덮
어주시고는 내 이마의 머리카락을 두어 번 쓸어주신 후 나가시는 것
이었다.

그때 나는 내가 왜 아침마다 이불을 꼭 덮은 채로 잠에서 깼는지 알
수 있었다.
모든 것이 어머니의 보살핌이었다.

갓 태어난 아이 때부터 이불을 덮고 쓰다듬어 키우신 것도 모자라 십여 년이 지나 훌쩍 자란 자식이 행여 배앓이를 할까 그 이른 새벽녘에 이불을 덮어주시는 어머니가 계셨기에 나는 배도 아프지 않고. 감기도 걸리지 않고 잘 수 있었다.

'진 자리, 마른 자리 갈아 뉘시며…'
그것도 모르고 나는 내 이불을 내가 잘 덮고 자는 줄 알았다.

내 이마를 쓰다듬어주시던 그 손길에 얼마나 큰 사랑을 담고 계셨는지 나는 내 자식의 자는 모습을 보고 이마를 쓰다듬을 정도로 어른이 되고 나서야 깨달을 수 있었다.

어머니, 사랑합니다.
그저 사랑합니다.

쓰담쓰담.
아프지 마라. 내 아기.
금쪽같은 내 새끼.

꿈에서라도 나쁜 건 보지 말고,
잠결에라도 춥지 말거라.
오늘도 내일도.

자녀들에게는 어머니보다 더 훌륭한
하늘로부터 받은 선물은 없다.

-에우리피데스

아름다운 공동체를 향한 여정 **PART 4**

부모는 조바심이 많다

첫 조바심은 태어난 아이를 처음 보았던 순간부터 시작된다.
팔뚝보다 작은 아이가 내 상상보다 너무 작아 사라질까 조바심이 나고
내가 떨어뜨릴까 봐 조바심이 난다.

아기 때에는 잘 먹지 않을까, 행여 잘 크지 않을까,
다른 아이들이 길 때 기고, 걸을 때 걷고,
뛸 때 뛰지 않을까 조바심을 낸다.
내 아이가 뛰어나지 않을까 내는 조바심이 아닌
제때에 맞춰 잘 자랄 아이를 내가 잘 키우지 못하고 있을까
조바심이 난다.

아이가 자라면 자라는 만큼 조바심도 늘어난다.
학교에 가면 받아쓰기는 잘 하는지,
그렇게 중요하다는 수학이며 영어는 잘 하는지,
혹시 재능을 가진 분야가 있을 텐데
내가 보지 못해 지나치고 있는 것은 아닌지,
친구들과는 잘 지내는지,
내가 지켜봐주지 못하는 곳에서 자라나고 있는

아이의 모든 것에 조바심이 나지만

그 조바심을 아이에게 들킬까 어른인 척을 한다.

내 아이 발 앞에 있는 모든 돌멩이를 치우고 길을 닦는다 하여

그 조바심이 사라질까?

아흔의 노모가 칠순의 아들 밥상에 수저를 다시 놔주며

밥 먹었는지 챙기는 모습을 보면

자식이 잘 크는지 염려하는 부모의 조바심은

끝이 없다는 생각이 든다.

아무리 돈이 많고, 명예가 높아

아이가 원하는 모든 것을 해주는 부모도

자라나는 내 아이 주변에서 벌어지는 모든 것에

염려하는 것은 매한가지이다.

매일, 학원에서 그런 아이와 부모님을 본다.

거의 대부분의 아이들은 부모의 조바심 가득한 염려가

귀찮고 이해할 수 없으며

거의 모든 부모님은 그런 아이에게 공부하라며

작가의 글

혼내 수업에 들여보내놓고도
비가 온다는 소식에 우산을 들고 종종걸음으로
아이를 데리러 오신다.
행여 비라도 맞을까, 비를 맞고 아플까,
그렇게 부모의 조바심은 끝이 없다.

교육은 그대의 머릿속에 씨앗을 심어주는 것이 아니라,
그대의 씨앗들이 자라나게 해 준다.

-칼릴 지브란

방황
– 흔들리고, 아픈 방황은 꼭 필요한 것일까?

아마존의 경영자, '제프 베조스'가 말했다.

"끊임없이 발명하고 방황하라."

누구나 롤모델로 삼을 법한 세계 최고의 부자 기업인이자, '아마존'을 창립한 사람, 그런 위대한 사람이 말하는 '방황'의 중요성을 떠올리며 나는 내 인생에 방황이 얼마만큼이었는지, 내가 충분히 방황하며 살았는지, 나의 방황이 충분하지 못했다면 왜 그랬었는지, 그런 방황의 의미인지 생각해보았다.

하지만 '제프 베조스'가 자신의 성공의 비법처럼 말한 그 자신만만한 말처럼 방황을 생각할 수는 없었다. 나에게 '방황'이란 길을 잃고 헤매는 답답함, 앞으로 나아가지 못한 채, 한 자리에 멈춰 서 있는 조바심, 나는 방황이라는 단어에서 그런 것들을 떠올리고 있었기 때문이다.

솔직히 나 또한 분명한 인생목표를 세우지 못하고 방황했다.

성공한 사람들은 모두 '방황'하라고 말한다. '방황'은 인생에서 무척 중요한 것이라고 말이다. 서점에 즐비한 자기계발서적에도 그런 고난과 방황의 중요성은 어느 책에나 반드시 들어가 있는 성공의 비법 같은 것이다. 숱한 자기계발서 중 가장 유명한 〈천 번을 흔들려야 어른이 된다〉 혹은 〈아프니까 청춘이다〉 같은 책을 집필했던 김난도 저자 역시 인생에서 가장 중요한 것이 그 방황과 흔들리는 고난의 시간이라고 하였다.

그는 자신의 책을 2535 세대, 즉 사회 초년생들이 주로 보았으면 좋겠다고 말했다. 왜 그럴까? 너희들이 겪고 있는 지금의 힘듦과 고통과 슬픔과 사회의 실체에 대한 실망감이 원래 그런 것이니 그냥 따르라고 말하고 있는 것은 아니란 생각이 든다. 그는 아프고 흔들리고 때론 참을 수 없이 벗어나고 싶지만 원래 현실이 그러하니 우리가 그랬던 것처럼 너네도 따르라고 말하고 있는 것은 아니다. 그저 지금 흔들리는 청춘의 시간을 견디고 나면 더 이상 세상사에 흔들려 방황하지 않는 어른이 될 때도 올 테니 조금만 참고 이겨 내보라고 격려의 손을 내밀고 있는 것 같다.

하지만 요즘 아이들은 방황을 선망하면서, 방황하지 않는 것 같다.
요즘 학부모님들은 아이가 방황할까봐 전전긍긍하며 아이의 방황을 막으려 하는 것 같다.

방황을 즐기는 것도, 방황을 지켜보는 것도 지금의 아이들과 학부모님들에게는 너무나 어려운 것 같다는 생각이 든다. 내 아이의 실패를 지켜보고, 그 실패가 내 아이를 더 강하게 키워주리라는 믿음이 없기 때문일까? 나도 그랬을까?

방황, 해야 하는 것일까? 아니면 못 하게 해야 하는 것일까? 방황이라는 한 단어의 의미가 유독 크게 다가오는 하루이다.

66

사람이 사람을 헤아릴 수 있는 것은 눈도 아니고,
지성도 아니거니와 오직 마음뿐이다.

-마크 트웨인

병원에서 느끼는 것

생명의 존엄함과 삶의 중요함을 느끼려면 병원에 가라는 말이 있다.
당장 오늘이라도 사랑하는 가족, 사람을 잃어버릴까 두려워하는 사람
들과 하루라도 더 살아가기 위해 간절해하는 사람들을 보면 자신의 삶
이 얼마나 귀중한 것인지 깨달을 수 있을 것이라고 말이다.
그 말도 맞다. 하지만 다른 한편으로는 나와 상관없는 사람이 죽어가
고, 슬퍼하고, 아파하는 것을 보며 느끼는 찰나의 소중함이 얼마나 깊
게 느껴질까? 의문이 들기도 한다.

어느 날, 병원에 가 대기줄이 길어 한참을 의자에 앉아 지나가는 사람
들을 바라보다 그런 생각이 들었다.

'사람 사는 게 참 비등비등, 고만고만, 매한가지이구나.'

아무리 비싼 차를 타고 비싼 옷과 가방을 들고 온 엄마도 아프다고 우
는 자기 자식 앞에서는 전전긍긍해하는 것밖에 방법이 없다.
아무리 성질이 고약하여 큰 소리로 의사 양반이 왜 아무렇지 않은 사
람 붙들고 계속 있냐고 엄포를 놓는 험상궂게 생긴 아저씨도 의사 선생
님 입에서 행여 큰 병에 걸렸단 말이라도 나올까 겁먹은 강아지와 다를

바가 없다. 채혈실 앞에 앉아 번호표를 들고 내가 급하니 나 먼저 피 뽑
아달라 하다가 업무에 바쁜 간호사 선생님의 뒤로 가라는 엄포 앞에서
는 우리 모두 그냥 환자 1, 환자 2, 보호자 1, 보호자 2일 뿐이지 않은가.

생生, 로老, 병病, 사死가 모두에게 동등하게 왔다 가니
무엇을 더 가지고 덜 가졌든
의지와 힘으로 무엇을 골라 가져보려 하든
그저 우리는 그 네 개의 관문을 다 같은 순서로 지나가며
태어나고, 살아가고, 죽어간다.
그러니 삶 앞에 겸손해지고 작아지지 않을 수가 없다.
'불공평할 것도 없고, 부당할 것도 없구나.' 하면서 그저 내 이름이 불
리기만을 기다리고 있으니 문득 그런 웃음이 나왔다.

66

매일 아침 당신 앞에 돈을 벌어야 할 24시간이 아닌,
살아야 할 시간이 펼쳐진다.
달아나고 싶은 유혹에 지지 말고, 지금을 생생히 살아야 하는 이유다.
당신이 투자할 것은 돈이 아니라 당신의 삶 자체다.

-틱낫한

작은 일에도 최선을 다하자

"작은 일도 무시하지 않고 최선을 다해야 한다.

작은 일에도 최선을 다하면 정성스럽게 된다.

정성스럽게 되면 겉에 배어 나오고

겉에 배어 나오면 겉으로 드러나고

겉으로 드러나면 이내 밝아지고

밝아지면 남을 감동시키고

남을 감동시키면 이내 변하게 되고 변하면 생육된다.

그러니 오직 세상에서 지극히 정성을 다하는 사람만이

나와 세상을 변하게 할 수 있는 것이다." (중용 23장)

어릴 적에는 큰일을 잘 해내는 사람이 대단해보이고 큰일을 해내는 재능이 내게 있길 바랐다. 하지만 나이가 들수록 작은 일을 꾸준히 해내는 사람이 대단해 보이기 시작했다.

세상엔 무엇 하나 제대로 하지 못하는 사람도 많은데 어떤 일이든 하나를 오래 해 잘해낸다면 그것만으로도 충분히 인정받을 만하지 않은가.

세상을 바꿀 혁신은 큰일을 해내는 천재 한 사람으로 인해서일지라도 세상을 받치고 있는 것은 그런 작고 사소한 일을 하고 지켜내는 평범한 사람들의 정성 때문이다.

'작심삼일'이라 하지 않던가.
사람이 한 번 결심한 일을 삼 일을 하기도 힘든 경우가 얼마나 많으면 그런 말까지 있을까.
하물며 수십 년 동안 매일 같은 일을 반복적으로 하며 한 분야에 장인에 이른 사람들을 알게 되었을 때 나는 내게 부족한 것은 재능이 아니라 끈기가 아니었을까?라고 생각했다.

작은 일을 중요하게 여길 줄 아는 이가
큰일도 중요하게 여기고 해낼 줄 안다.
작은 일이라 하여 쉽게 판단해 소홀해지는 사람은
큰 책임을 맡겨도 오래 해내지 못할 때가 많았다.
그렇게 사소한 일을 하나라도 더 잘 해내려 노력하다 보니 끈기가 생겼고, 꾸준함이 생겼으며, 작은 일을 좀 더 신중히 해낼 수 있었다.

고전이 오래도록 읽히는 이유는 어느 시대.

어느 누가 읽어도 자신의 삶과 가치관에 비추어 생각해보며 깨달음을 얻을 수 있기 때문이 아닐까. 그래서 스스로 겸손함과 성실함을 잃어 가고 있지 않나 하는 생각이 들 때마다 고전을 읽으며 나를 돌아보게 된다.

66

완벽함이란 더 이상 보탤 것이 남아 있지 않을 때가 아니라, 더 이상 뺄 것이 없을 때 완성된다.

-생텍쥐페리

계절은 과일로 온다

8월. 여름이 한창이구나 했더니 길을 지나가다가 길가 청과상에
아오리 사과가 떡 하니 있는 게 아니겠는가. 한 바구니 5천 원.

'아, 벌써 아오리 철이구나.'

기쁜 마음에 당장 주머니에 있던 5천 원짜리를 꺼내 한 바구니를 사보
았다. 아주머니가 아오리를 까만 비닐봉지에 넣으시기에 잠시 무엇이
더 있나 좌판을 훑어보았다.

아오리 옆에 '딱딱한 복숭아 6천 원', '물렁한 복숭아 6천 원'이라는 팻
말이 세워져 있다.
내가 좋아하는 딱딱이 복숭아.
저건 우리 아이가 좋아하는 물렁이 복숭아.
여름이라 그런지 역시 이런저런 과일이 빨간 바구니 가득 담겨 늘어선
모양을 보니 마음까지 과일처럼 싱그러워지는 기분이 든다.

계절을 알아채는 이유야 사람마다 다르고 때마다 다르겠지만
나에게 계절은 좌판 빨간 바구니 안에 담긴 과일로 온다.

봄이 오면 딸기가 한 바구니 만 원. 일주일 지나 가보면 8천 원.
또 일주일 지나면 5천 원, 3천 원.
딸기가 2천 원 정도 될 즈음이면
봄이 언제 왔냐는 듯 지나가고 여름이 온다.

초여름의 수박 1통에 2만 원.
참외도 비싸다. 살 엄두가 나지 않아 '아직 맛없을 거야' 하면서 지나
치고 나면 어느덧 18,000원, 15,000원. 가격이 내려가고 있다.
그렇게 내려가다가 참외 3,000원에 한가득 줄 정도로 한여름 장마철
이 되면 싸다고 샀다가 반찬으로 무쳐먹는 물 먹은 참외만 집에 가득
차버린다.

그렇게 장마를 지나 손이 진득진득해지도록 들고 베어먹던
자두 5천 원. 포도가 5천 원.
복숭아에 아오리까지 먹고 나야 가을이 온다.

비싸다고 먹지 않고 지나가다 보면 어느덧 사라지고 다음 계절과일밖
에 남지 않으니 과일은 계절 지나가는 걸 유심히 보고 있다가 가장 좋

은 가격에 맛있는 걸 챙길 줄 알아야 맛있는 걸 먹을 수 있다.

아오리 오독오독.
복숭아 아삭아삭~
올해도 또 반 넘게 지나가고 있구나.

잘 보낸 하루가 행복한 잠을 가져오듯이
잘 쓰인 인생은 행복한 죽음을 가져온다.

-레오나르도 다빈치

chapter 2

감정 공유의
중요성과
인격

뿌리 깊은 나무

가볍디가벼운 잔바람에 흔들리지 않는 뿌리 깊은 나무가 되고 싶다.

뿌리 깊은 나무가 되어야 큰 나무가 된다.

우리는 모든 아이가 뿌리 깊은 나무가 되어

아름드리 더 크게, 더 튼튼하게 자라기를 바란다.

하지만 나무는 다 같은 고목 같아도 뿌리의 모양새는 다 다르다.

어디에 뿌리 내리느냐에 따라 뿌리가 뻗어나가기 때문이다.

그렇기에 아이가 어떤 뿌리를 어디에 내리려 하는지를

잘 보고 잘 인도해주는 것이 중요한 것이다.

나는 늘 아이를 인도함에 있어

학교에서만큼은 '바른 말', '기본예절', '기본원칙'을

가르쳐야 한다고 여겼다.

아이가 잘못했을 때에는 회초리를 드는 것이 아니라

타이르는 것이고,

학생이 잘못했을 때에는 꾸짖고 벌주는 것이 아니라

가르치는 것이다.

감정적인 나무람과 질책은 문제를 해결하는 방법이 될 수 없다.

뿌리를 잘 내릴 수 있게 잘 인도했다면

어디로 가지를 뻗어나가든 강제로 가지를 치려 해서는 안 된다.

모든 아이들은 서로 다른 나무와 같아서

모두 다르게 자라는 것이 당연한 것이다.

그러니 쉬거나 잠시 멈춰 선 아이에게

뒤처지고 늦어질까 불안해하지 않아도 된다.

모든 나무가 자라는 시기가 다르고, 수명이 다르듯

아이들도 다 각자의 자라는 때가 있는 법이다.

뿌리가 물을 빨아들이길 기다려주듯이 다정한 인내심이 필요하다.

뿌리 깊은 나무가 큰 나무가 된다.

더 높은 나무가 되려면 더 깊이 뿌리내릴 방향을 고민해야 한다.

무엇이든 오래 깊이를 가지려면 여러 번 실패를 겪어야만 한다.

그러니 오래 걸리는 것이고, 더디 가는 것이다.

❝

보잘것없는 작은 일이 아주 훌륭한 일의 시작일 수도 있다.

－단테^{Dante}

오월

사랑과 감사의 계절 5월.
부모와 자식의 관계에 대해서도 더 생각해보는 달이다.

부모는 자녀의 철저한 보호막이 되어야 한다.
하지만 그 보호막은 아이의 마음에 치는 보호막이어야 한다.

간혹 그 보호막을 아이 주변 모든 것들에게 치는 부모님이 계시다.
일례로 학교에서 싸움이 났고 원인 제공자가 자녀인 상황에서
"왜 싸웠냐!", "학교에서 그러면 되냐"라며
나무라는 것도 중요하지만
"괜찮니?", "어디 몸 상하지는 않았니? 화가 났겠구나"로
시작해야 한다.

오냐오냐하는 교육관을 가지라는 것이 아니다.
오롯이 아이가 느끼기에 부모가 내 편이라는 믿음을 갖게 한 후
그다음 훈육을 해야 한다는 뜻이다.
부모가 자녀에게 마음을 열고 난 뒤에도 충분히 시시비비를 가려
사후 처리를 할 수 있다는 것을 기억해야 한다.

아이는 부모가 내 편임을 믿었을 때 부모의 말을 듣는다.
듣고 생각하고 자신을 돌이켜보는 것은
내 편이기에 나를 위해서 하는 말이라는 확신을 가졌을 때뿐이다.

못해도 괜찮아. 틀려도 괜찮아.
네가 노력했다는 것만으로도 얼마나 기쁜지 몰라.
매일 아이에게 행복을 안겨주는 말 한마디를 선사해보자.
아이를 껴안아주거나 머리를 쓰다듬는 등 스킨십까지 더한다면
행복감은 더욱 커진다.

자녀들에게 아내를 사랑하는 모습을 보여주어라.
그것이 아버지로서 자녀에게 줄 수 있는 가장 소중한 가르침이다.

-T. 헤즈버그^{Theodore Hesburgh}

자녀교육

대나무 씨앗을 심으면 5년 정도는 눈에 띄는 아무런 변화가 없다.
하지만 매일같이 물을 주고, 거름을 주며 돌보면
5년이 지난 후 놀라운 변화가 생겨나기 시작한다.
단 한두 달 안에 30㎝가 넘는 길이로
놀라운 성장력을 보이기 때문이다.

대나무를 두고 키우기 어렵다고 하는 이유는
바로 그 처음 5년 동안 조그만 변화도
눈으로 볼 수 없기 때문이기도 하다.
하지만 사람의 눈에 띄지 않는 그 5년이라는 시간이
대나무가 영양을 충분히 섭취해 클 수 있는 힘을 저장해준다.
그래서 그렇게 놀라운 성장을 하는 것이다.

아이들 교육도 심어둔 대나무 씨앗과 같다.
아무것도 보이지 않고 미래가 어둡게 보이지만
믿음과 희망을 가지고 나의 씨앗에 알맞은 물과 거름을 주고
영양분을 꾸준히 섭취해 준다면 대나무의 기다림처럼
놀라운 결과를 가져온다.

그러니 눈앞에 아이가 가져오는 성적표에서 동그라미를 세지 말고
앞으로 아이가 해낼 일, 키워낼 멋진 대나무를 떠올리며
꾸준하게 키워보라.
분명 '언제 이렇게 컸지?'하며 놀랄 순간이 올 것이다.

F. i. g. h. t. i. n. g!

66
자신을 향해 웃을 수 있는 사람에게는
결코 마르지 않는 기쁨의 샘이 있다.

-J. 보스웰John Boswell

가치관과 인재 교육

학생들을 대할수록, 이 아이들에게 교육자로서 무엇을 가르치고, 어떻게 인도하겠다는 의지가 중요하지 않은 것 같다는 것을 느낀다.

그것은 교육자의 가치관이며 의도일 뿐, 학생들 모두 각자의 가치관과 의지와 성향과 생각을 달리 가지고 있기 때문이다. 그렇기에 학생들이 무엇을 원하는지, 어떤 것을 생각하는지, 어떻게 세상을 바라보고 있는지를 알려 하는 것이 교육자가 해야 할 일 전부가 아닐까라는 생각이 든다.

어느 시대에나 안정과 평화보다는 불안과 슬픔, 부정적인 불행들이 더 많이 존재해왔다.

불과 20년도 살지 않은 아이들의 마음속에도 가정, 학교, 사회로부터 받은 많은 부정들이 자리 잡고 있다. 그러니 교육자가 학생들에게 무엇을 가르쳐 어떻게 인도하려 말하기보다 그 학생이 한 사람으로서 무엇을 원하고 무엇을 호소하고 있는지 듣는 것이 더 중요할 것이다. 자신을 알아야만 어떤 인생을 앞으로 학교 밖에서 살아갈 수 있을지 스스로 생각할 수 있을 테니 말이다.

초, 중, 고등학생들이 학원에서 보내는 시간은 길어야 3시간
점점 가정에서 보내는 시간도 줄어든다.
남은 것은 학교이지만 학교도 교사도 결국 만능일 수는 없다.
그러니 학생이 보내는 하루 중 자신이 인간으로서 갖춰야 할 모든 가치를 다 어디에서 배울 수 있겠는가. 애초에 물고기를 모두 잡아다 줄 수 없으니 물고기를 잘 골라 잡는 방법을 깨우칠 수 있도록 돕는 게 현명할 것이다.

수업시간 사춘기 학생의 입에서 거침없이 터져나온 비속어에 잠시 귀를 의심했지만, 침착하게 "그런 말은 쓰지 말자"라고 말하고 마무리 짓고는 쉬는 시간에 차근차근 대화를 이어갔다. 아무리 어려운 공식을 외우고 철학자들의 이론을 이해하면 뭐하겠는가.
이 아이들에게 필요한 것은 아이가 하는 말, 행동 하나하나 가르쳐주며 관심을 가져주는 어른의 교육이다.

인재가 되게 하는 데는 교육이 필요하다. 하지만 인재 이전에 온전하게 바른 사람으로 살아갈 수 있게 해줄 교육이 더 필요한 것 아닐까?
아이들의 가치관과 성장의 기본은 가정에서 이루어진다.

학부모의 협력이 없는 교육은 결국 아무리 노력해봐야 반쪽짜리다.

2012. 9.

"

가정은 도덕상의 학교다. 가정에서의 인성 교육은 중요하다.

-페스탈로치

교육현장과 신뢰

얼마 만인가. 마음의 여유를 갖고 잠시 교실 속 팍팍한 교육현실을 잊어본다.

치열하게 오늘을 살아내는 이유를 결국 아이들 속에서 찾게 되는 시간을 가져보았다.

정해진 스케줄에 틀어박혀 있는 생활에서 잠시 벗어나기로 했다. 학원 현장이라는 게 그렇다. 1년 내내 이어지는 이슈들로 인해 한순간 정해진 스케줄과 해야 할 일로부터 벗어나려면 큰 결심을 하지 않으면 안 된다. 그래서 내가 할 수 있는 일과 해야만 하는 일로 가득 찬 이곳이 아닌 하고 싶은 일이 있는 곳으로 잠시 고개를 돌려보았다.

교육의 첫 번째 의무는 민주 시민 육성이라 했던가.

서로 어우러져 살며 인간으로서의 존엄과 가치를 잃지 않고, 자기 삶을 꾸려나가는 방법을 교육하는 게 가장 중요하며 가장 어렵다. 요즘 아이들은 친구들과 어울릴 시간이 늘 부족하고, 고전 책을 음미하며 읽은 다음 마음에 담아놓지 않는다. 하루 종일 학원과 숙제와 진학에 필요한 일을 하기 바쁘며 자극적이고 흥미로운 영상의 정보를 받아들이고 잊어버리는 것에 익숙하다. 그러니 옳고 그름을 배울 기회가 현저히 부족하다. 아니, 점점 옳고 그른 게 중요하지 않아지는 것 같기도 하다. 성적 지상주의로 굴러가는 공교육 현장의 부실과 위기는 점점 여실히 드러난다.

학부모 상담 중, 아이가 이런저런 성향이니 이해 부탁드린다고 죄송하다고 말씀하시는 어머님을 뵈었다.

"K가 요즘 부쩍 말을 안 듣고 게임이나 컴퓨터에 탐닉하고 있어요. 아무리 좋은 말로 타이르고 엄하게 질책해도 개선이 안 됩니다…(중략)…"

'내가 한 달 동안 본 K가 맞나?' 평소 얌전하고 공부 잘하는 그 학생 지영이다.
K는 중학교 3학년이다. 잘하고 있다.
학생들의 개인차가 존재하지만 영어 과목의 언어 기능은 듣기, 말하기와 쓰기, 읽기 최상위권이다. 다른 과목 역시 중상위권 도약도 가능하다.

"제 경험으로 미루어 보면 아이를 무조건 변화시키려 하기보다는 먼저 아이가 부모를 좋아하도록 해야 합니다. 그러려면 전제 조건이 있습니다. 부모가 먼저 아이를 좋아해야 합니다. 좋아할 수 있는 점을 찾아내야 합니다."

많은 사람들이 '좋아하는 것'은 그냥 느껴지는 감정이라고 생각하는데 저는 그렇게 생각하지 않습니다. 누군가를 좋아하는 것은 선택입니다. 그리고 연습이 필요합니다.

옳은 말, 그 아이에게 도움이 되는 말보다는 좋아한다는 감정을 먼저 아이에게 전달해 보십시오. 부모가 자기를 정말 좋아한다고 느껴질 때 아이는 비로소 마음을 열고 부모의 조언을 받아들일 것입니다.

아이들이 듣기 싫어하는 잔소리 중 하나는 "하려고 하는데 하라는 것"이라고 한다. 분명 하고자 하는 내적 욕구가 있고 의지가 있었는데 그것을 알아주지 않고 내가 하지 않을 것이라는 믿음이 전제된 "내가 하라고 하니 하는 거잖아"를 당한 아이는 외적 욕구에 의해 자신이 좌절당했다고 믿는다. 그리고 자신의 내적 욕구를 좌절시킨 부모를 더 신뢰하지 않기 시작한다. 신뢰하지 않으면 소통하려 하지 않을 것이고

아름다운 공동체를 향한 여정 **PART 4**

소통하지 않기에 골은 더 깊어지는 것이다.

학교에서도 학원에서도 집에서도 공부, 공부, 공부, 참 고단하다. 학창시절을 보낸 사람치고 고단함과 슬픔이 없었던 사람은 없다. 수학을 잘하는 아이를 두고 '그런데 국어가 약해요'라고 하고, 국어와 수학을 잘하는 아이에게는 '이제 과학도 좀 잘했으면 좋겠는데'라는 마음이라는 말씀을 들었다. 이것저것 다 파는 식당보다 전문요리 한두 가지를 아주 잘하는 식당이 더 유명하듯 아이들을 키울 때는 모든 과목을 잘하도록 요구하는 것보다 잘하는 분야를 깊이 있게 배울 수 있도록 도와달라고 학부모님께 당부하고 상담을 마무리했다.

상담 중 믿는 자에게 가장 중요한 것은 '그럼에도 불구하고(~일지라도, though)'이다.

"그럼에도 불구하고 오늘 칭찬 많이 해주세요."

네가 중학생이 되어 이렇게 잘 하는 줄 모르고 엄마가 걱정만 해서 정말 미안하다고. 자랑스럽다고 칭찬과 더불어 긍정적인 강화를 위해 진지하게 대화하시라고 말씀드렸다. 그런 말이 당장 아이를 열심히 공부하는 우등생으로 만들지는 않겠지만 그런 부모의 말 한마디로 아이는 세상에서 가장 큰 기쁨과 행복감을 느낄 수도 있다.

교육 현장을 지탱해 주는 가장 큰 힘은 신뢰이다. 교사는 내가 가르치는 학생을 믿기에 교실에서 즐겁게 서 있을 수 있으며, 학부모는 교사와 학원을 신뢰할 수 있을 때 세상 가장 사랑스러운 아들딸의 미래를 맡길 수 있다. 그러면 학생은 무엇을 신뢰해야 할까.

나는 늘 학생들에게 당부한다. 교육이라는 마당에서 자신의 미래를 꿈꾸는 학생이라면 그 누구보다 먼저 자신을 믿고, 자신의 행동을 믿고, 그 믿음을 가꾸어 가자고.

2013. 3.

66

교육은 그대의 머릿속에 씨앗을 심어주는 것이 아니라,
그대의 씨앗들이 자라나게 해 주는 것이다.

-칼릴 지브란

사춘기적 심리

누구나 지나가는 사춘기이지만, 모든 아이들은 서로 다른 사춘기를 보낸다. 아이들이 사춘기에 겪는 문제들은 여러 가지이지만, 크게는 비교적 해결하기 쉬운 일과 해결이 불가능한 일로 나눠볼 수 있다.

사춘기의 중요한 문제를 들면 다음과 같은 것이 있다.

첫째, 사상적인 문제.
한창 자기 자신 이외에도 주변 환경이나 특히 자기 가정, 학교, 사회나 사람들에 대한 여러 생각이 많다. 하지만 건설적이고 진취적인 생각을 하는 아이보다는 현실에 대한 비판이나 부정, 보이지 않는 내적인 고민을 하는 아이들이 많다.

둘째, 이성에 관한 문제.
성적 사상性的事象에 대한 의문, 이성과의 교우등에 관한 의문과 고민을 하며 자신의 성적 정체성을 찾아가고 관계에 대한 고민이 많다.

셋째, 진학에 대한 문제.
가정 경제. 자기의 능력, 적성과의 관계에 대한 의문이나 고민이 많지만 쉽게 결정을 내리지 못하고 두려워하는 경우를 많이 본다. 혹은 명확하게 자신의 진로에 대한 생각을 가지고 있지만 그 방향이 부모와 달라 부모와의 대립에 대한 고민이 있는 경우도 있다.

넷째, 가정문제.
모든 아이들이 전형적이고 화목한 가정에서 자라는 것은 아니다. 가정의 모양은 다 제각각이듯 가정불화를 겪는 경우도 많고 부모와의 사상이나 의견의 대립으로 인해 가정 밖으로 나가려는 아이들도 있다.

다섯째, 학업 부진.
모든 아이들이 우등생이면 좋겠지만, 우등생은 사실 한 반에 몇 명 되지 않는다. 그 몇 명을 제외한 모든 아이들은 학업에 대한 고민과 공부를 잘 하지 못한다는 점에 대한 의문과 고민을 가지고 있다.

그럼 이런 다양한 사춘기의 아이들을 어떻게 대해야 할까? 일반적으로 지도 혹은 치료에는 여러 방법이 있다. 그중에서도 가족에 대하여 활동하게 하고 그 태도의 변화를 유도하는 등 환경조정과 욕구불만에 대한 인내성을, 자기통찰에 의한 인격조정을 도모하는 것이다. 이것을 대개 카운슬링 또는 상담조언이라고 한다. 조언이 필요한 아이들은 조언자의 조력을 구하고 스스로 해결하도록 돕는 것이 조언자의 역할이다.

2학기 어느 날 여고생 H가 무슨 까닭인지 침울한 모양을 하고 있길래 가만히 불러서 이유를 물어보았다. 처음에는 좀처럼 대답하지 않았지만 마침내 울면서 다음과 같이 말했다.

마음이 왠지 안정되지 않고 정신집중이 어렵고 책을 읽어도 머리에 들어오지 않는다는 것이다. 다른 사람과 함께 있을 때 마음이 편치 않고 자신도 모르게 몸이 긴장되어 뻣뻣해지고 손발이 떨리고 심장이 자주 두근거린다고도 한다. 무슨 나쁜 일이 곧 벌어질 것 같은 불길한 생각이 자꾸 든다고 한다. 원인이 뭘까? 학업성적과 대학진학 문제……. 불안요소는 너무나 많다.

가정에서의 부모와 자식 간의 갈등의 구체적 형태는 질책에 대한 말대답, 의견의 대립, 불복종, 무언의 거부적 태도와 체벌에 의한 반항, 가출 등의 체제를 취하지만 이것은 어버이의 성격이나 교양, 연령, 사회적 지위 또는 학생의 부모와의 친애감, 갈등의 직접 계기 등에 따라 달라진다.

요즈음 부모님들은 자식에 대한 배려와 관심이 무척 많지만 중류 이상의 가정에서는 그 관심이 주로 학업성적에 집중되어 있어 그것이 충족된 다음에야 성격이나 건강 등에 향하게 된다. 하지만 모든 부모님들이 그런 것은 아니다. 어떤 경우에는 어버이의 과대한 요구나 엄격한 태도, 지나친 신경질적인 간섭이, 다른 경우에는 몰이해, 무관심 등 부모의 생활태도, 이해, 애정, 성격 등 많은 부분에서 아이들과 생각의 차이를 만든다.

하지만 대부분의 갈등은 쌍방이 서로 미워하는 갈등이 아니라 오히려 쌍방이 깊이 사랑하고 그 행복을 바라기 때문에 오는 경우가 많다. 물론 가장 좋은 것은 갈등이 생기기 전에 예방하는 것이다. 하지만 일단 발생하기 시작한 갈등은 해결하지 않고 묻어두려는 것이 가장 나쁜 태도이다. 어떻게 해야 서로 이해하고, 문제가 일어나지 않고, 원만하게 지낼 수 있을까?

각 가정마다 다르겠지만 어느 가정이나 공통적으로 필요하다고 생각한 것은 부모 자신이 자식에게 향한 심리적 의존이나 과도한 기대의 태도를 고쳐야 한다는 점이다. 아이들이 사춘기라고 하는 특수한 발달과정에 있는 것을 이해하며 어버이의 자식에 대한 애정을 믿게 하여 서로 신뢰를 쌓는 것이 언제나 먼저이다. 또한 가정은 휴식의 장소라는 안정감을 아이가 느낄 수 있도록 감시적인 분위기가 아닌 마음을 놓을 수 있는 안락한 분위기가 필요하다.

아이 한 명을 키우는 데 온 마을의 노력이 필요하다고 하지 않던가, 학교와 가정이 서로 다른 지도 방법의 차이나 마찰이 있는 것보다 서로서로 의견을 주고받으며 교육을 함께한다는 생각을 가져야만 학생들의 생활지도는 효과를 얻을 수 있다는 생각을 자주 한다. 어느 한쪽만의 노력으로는 아이들을 바른 길로 잘 인도하는 데 한계가 있을 수밖에 없다.

"

행복한 삶을 만들려고 애쓸 필요는 거의 없다. 모두 당신 안에 있다.
당신이 어떻게 생각하느냐에 달렸다.

-아우렐리우스

어린이는 지금 당장 놀아야 한다

요즘 어딜 가나 사람들 입에 오르내리는 드라마 〈이상한 변호사 우영우〉, 평소 관심을 가지고 있던 '자폐 스펙트럼 장애'를 가진 아이에 대한 이야기가 주가 되다 보니 보기 시작했는데 보면 볼수록 자폐뿐만 아니라 우리 사회에 많은 차별, 선입견, 서로를 향한 시선 등에 대해 많은 생각을 해보게 만들어준다.

그중 가장 내 마음을 치는 것 같은 에피소드가 한 번 나온 적 있는데 학원에 관련된 이야기였다. 10살 남짓의 어린아이들을 학원 버스로 납치한 한 청년을 납치범으로 고소한 학부모님들과 그 청년의 어머니이자 납치된 아이들이 다니는 학원의 원장님이 등장했다. '학원 버스가 납치를 당했다고?' 생각만 해도 아찔한 일이었지만 그 납치범 청년의 이야기를 들으며 나와 대한민국의 수많은 학부모님과 학생들이 오히려 뒤통수가 따끔해지지 않았나 싶다. 극 중 납치된 아이들은 수십억 아파트에 사는 부모님과 사는 소위 부잣집 아이들. 하지만 밤 10시가 될 때까지 식사조차 주지 않고, 12시간 이상 수학 문제 풀이를 시키면서 화장실을 한 번 이상 가면 공부할 자세가 되지 않았다고 하는 학원이 극중에 등장한다. 납치는 엄연한 범죄이지만, 왜 그런 일을 벌였는지, 그리고 아이들의 미래를 위해서라는 학부모들의 말에 대해 많은 생각을 해보게 된다.

"나 어릴 적에는 학교 끝나고 오면 가방 던져놓고 친구들하고 놀기 바빴지~"

그거 아는가? 세계적인 인기를 끌었던 드라마 〈오징어 게임〉에 등장하는 모든 게임을 한 번도 해보지 않고 어린이 시절을 보낸 대한민국 어른은 별로 없다. 구슬치기, 줄다리기, 무궁화 꽃이 피었습니다, 달고나 떼기. 어린아이들도 쉽게 룰을 이해하고 함께 할 수 있던 게임들. 그런데 그 말에 동의하는 것은 적어도 30대 중반 이상의 사람들뿐. 그보다 어린 세대들은 그런 게임을 직접 해본 적이 별로 없거나 아예 없다. 그들에게 학교 다녀온 후의 일상이란 학원, 학원, 학원일 뿐이기 때문이다.

'아이의 미래를 위해.'

어릴 적 '무궁화 꽃이 피었습니다', '구슬치기' 같은 거 잘하던 아이가 좋은 대학에 가고 인생에 성공하는 것도 아니니 그런 것보다 공부하기를 바라는 부모님들의 마음을 마냥 욕할 수만은 없다. 그만큼 미래는 불투명하고, 내 아이가 가시밭길을 가지 않기를 바라는 마음도 부모로서 충분히 이해한다. 하지만 그 '탄탄한 미래'라는 것이 60이 되어도 잊혀지지 않고 마음을 따뜻하게 하는 어릴 적 동무들과의 추억마저 버릴 정도로 공부만 하면 가질 수 있는 것일까?

2022. 7.

66

< 어린이 해방 선언문 >
하나, '어린이는 지금 당장 놀아야 한다.'
둘, '어린이는 지금 당장 건강해야 한다.'
셋. '어린이는 지금 당장 행복해야 한다.'

'나중에는 너무 늦어버린다.'

아름다운 공동체를 향한 여정 **PART 4**

chapter 3

관계의 소통과
성공의 열쇠

커뮤니케이션

인간의 상호이해와 자기의식을 더욱 필요로 하는 오늘날.
소통의 중요성은 나날이 커져가는데
소통하는 방법은 사람마다 너무나 다르다.

교육적 관점에 초점을 맞춰 인간 상호 간의 커뮤니케이션. 즉 심리학
에서 교류분석이란 이론에 의하면 인간을 태도에의 욕구 네 가지로 유
형화하고 있다.

ⅰ)자기 ok 타인 no형 (자기 긍정. 타인 부정)
ⅱ)타인 ok 자기 no형 (타인 긍정. 자기 부정)
ⅲ)자기 no 타인 no형 (자기 부정. 타인 부정)
ⅳ)자기 ok 타인 ok형 (자기 긍정. 타인 긍정)

ⅰ)은 자기는 언제나 옳고 타인은 틀렸다고 생각하기에 지나친 자만과
자신감으로 커뮤니케이션에 실패하기 쉽다.

ⅱ)와 ⅰ)은 반대되는 사람으로 자기는 무능하며 아무것도 할 수 없고
타인은 유능하다는 생각을 가지고 있다. 그렇기에 겸손함을 넘어서

아름다운 공동체를 향한 여정 **PART 4**

열등감이 강하며 사람들로부터 경원시된다.

iii)은 인생은 무가치한 것이어서 어떠한 좋은 일도 없다고 느끼는 절망적 혹은 허무적 태도이다. 이는 자기도 타인도 모두 몹쓸 인간으로 생각하는 부정적인 사람으로 세상을 암담하게 보고 비관에 빠진다.

iv)는 자기와 타인과의 조화를 이루면서 참된 자아를 실현할 수 있는 사람이다. 이와 같은 사람은 자타의 존재가치를 마찬가지로 소중히 여기므로 함께 있을 때 안심감을 느끼게 하는 사람이다.

자기도 잘 평가하고 타인도 긍정적으로 평가하는 바람직한 타입으로 이런 사람은 밸런스 감각이 있고 친구가 많아 현실생활에서도 성공하기 쉬운 인간형이다.
교류분석이 교류의 동기로서 기본적 태도를 중시하는 이유는 인생의 중요한 국면에 있어서 중간행동의 대부분이 자아개념에 의해서 결정된다고 생각하기 때문이다.

다른 사람의 동의와 호감을 얻을 수 있어 원만한 관계를 유지해가려면 먼저 커뮤니케이션을 잘해야 한다. 그런 표현을 잘하려면 바람직한 대화법을 익혀야 한다.

대화법은 관계의 변화를 일으키는 주체는 아니지만 친밀감을 회복하는 데 매우 소중한 도구이기 때문이다. 그러니 먼저 애착을 유도할 수 있는 대화법을 활용해보자.

말은 생각한 다음에 하고
사람들이 듣기 싫어하기 전에 그만두어야 한다.

-톨스토이

반려견 코미

'뚱~'
뭐가 삐졌는지 가끔 뚱한 표정을 짓는 게
너무 귀여운 우리 집 강아지.

우리 집에는 귀염둥이 시츄 코미와 사람이 함께 산다.
하루 한 번 산책을 하고 간식을 꼭 먹으며 공놀이를 가장 좋아한다.
옷 입는 걸 싫어해서 실랑이를 하다가 눈이 마주치자 코에 딱밤 한 대
를 날렸다.
'너 사실 내 말 알아듣는 거지?'
내가 말해놓고도 우스워 웃으니 고개를 갸웃갸웃한다.
좌우로 흔들리는 귀를 보니 또 귀엽네.
코미가 가장 좋아하는 건 소시지, 고구마, 북어탕, 과일.
오늘도 나는 편의점에서 산 과자를 코미 몰래 먹기 위해
조심조심 과자 봉지를 뜯는다.
하지만 역시 개의 청력에는 못 당한다.
벌써 내 앞에 꼬리를 흔들며 과자를 쳐다보고 있다.
'오늘도 혼자 맘 편히 먹기는 글렀구나.'
맛있는 걸 주면 먹고 배부르면 일명 마약 방석이나 기절 침대에서 쿨

쿨 잠을 잔다.

방귀도 뀌고, 코도 골고, 잠꼬대도 한다.

'허허, 내가 막내딸이 생긴 건가.'

요즘 걸음걸이가 불편한 녀석 데리고 이틀 연속 병원 디스크 치료를

위해 갔다.

기가 죽어 있는 모습 보니 여간 안타까워 보이는 게 아니다.

견생 16년, 온 집안을 하루 종일 뛰고도 지치지 않던

어린 코미는 어디가고.

이제는 늙어서 다리 힘이 없어 잘 걷지를 못해 안타깝다.

기운 내라. 코미야!

66

삶이 있는 한 희망은 있다.

-키케로

등산

언제 봐도 그립고 반가운 얼굴, 바로 가족들
아내와 처형, 동서 6명이 함께 산행을 하기로 했다.
늘 가던 산이지만, 갈 때마다 좋고,
오늘은 좋은 사람들과 가니 더 좋다.

백양산. 높이 642m 태백산맥 말단부에 솟아 있는 산.
삼나무, 전나무를 비롯한 수림이 울창한 산.
그 산 속에 원효대사가 창건했다고 전해지는 선암사仙岩寺가 있다.

선암사 주차장 출발 - 애진봉 - 철쭉군락지 - 정상 - 원점의 등산코스.
힘들지 않고 편하게 다녀올 수 있도록 넉넉하게 3시간 코스를 선택
했다.

선암사에서 출발하여 가장 먼저 만나는 갈림길.
가파르지만 빨리 갈 수 있는 산길이 있어도
우리는 시간이 걸려도 모두 편하게 올라갈 수 있는 임도를 선택했다.

일상에서 벗어나는 일, 등산.

이미 여러 번 다녀온 산이다.

산이란 참으로 기묘하다.

늘 같은 자리에 있어 한결같은 것 같으면서도

계절마다 다르고, 올 때마다 다르다.

아무 말도 하지 않는 것 같지만

푸름이 가득한 숲길을 걷다 보면 자연히 느린 삶의 가치를 배워간다.

"살아 천 년 죽어 천 년"이라는 말처럼 고사목과 살아 있는

토종 소나무가 작은 암봉들과 함께 절묘한 조화를 이룬다.

쉴 그늘이 되어 주는 나무.

한 사람의 갈 길을 열어 주는 오솔길.

계절의 변화를 기꺼이 받아들이는 산.

봄철에 핀 철쭉과 진달래는 한 폭의 그림 같다.

누구나 산에 오를 때에는 경건함을 잃지 말아야 한다.

생각하지 않고, 말하지 않고, 그저 마음 내려놓고

묵묵히 걸음을 옮긴다.
산은 침묵과 명상의 가르침을 준다.
제법 이마에 땀 줄이 흐른다.
물 한 잔 마셔요! 시원한 생수통을 내민다.

정상은 산을 좋아하는 앞서간 등산객들로 꽉 차서 붐빈다.
좋아하는 거 미루지 말고, 주변에 좋은 사람들을 많이 두고
나 역시 그들에게 좋은 사람이 되려고 노력하고 최선을 다해
행복한 삶을 사는 것.
힘든 산이 아니어서 나무들 사이로 오가며
자연을 느낄 수 있어서 좋고.
가족들과 함께해서 더욱 좋다.
계절이 주는 맛이 다르기도 하지만
산행하는 일행이 누군가에 따라서 그 맛은 다르기 때문이다.

애진봉에서 인증샷을 남기고 마지막 돌탑이 있는 정상석에 올랐다.
올라오는 길에도 그렇게나 흐드러지게 피어
하나하나 보아도 이쁘더니

정상에서 내려다보니 알록달록 만개한 철쭉들이 아름답게 물들어
한 폭의 그림 같다.
푸른 하늘 아래 솔솔 부는 바람이 흘린 땀을 식혀준다.

각자가 가지고 온 깻잎, 풋고추에 상추쌈의 점심은 정말 꿀맛이었다.
일에서 플러그를 뽑고 아름다운 사람들과 주말을 즐기는 시간.
이런 시간이 있음에 늘 모든 삶의 순간에
감사함을 잃지 않는 것 같다.

66

세상 무엇과도 바꿀 수 없는 것.
그것은 젊을 때 결혼하여 살아온 배우자이다.

-탈무드

피트니스

10여 년간 해오던 헬스를 딱! 못하게 되었다.

시간이 남아 책을 읽고 음악을 듣고 휴식을 취하며 조용히 지내는 것도 좋지만 역시 가끔은 몸을 움직이는 개운함이 그리워진다.

코로나 바이러스19로 사회적 거리두기가 이어지니 몸이 부쩍 스트레스를 받는지 여기저기 쑤시는 것 같은 기분이 들었다. 그래서 떨어진 지구력과 근감소를 보강하기 위해 2년 6개월 만에 다시 운동을 시작하였다.

그렇게 다시 화, 목, 토 피트니스 센터에 가고 있다.

꽤 오래 운동을 쉬었으니 자칫 동티가 나지 않게 피로 조절한다고 세트와 강도를 예전의 1/2로 줄였다.

스트레칭, 전신 웨이트
스쿼트 100개
랫풀다운 84개
벤치프레스 84개
레그프레스 84개
플랭크

마지막 러닝 30분

모두 하려면 1시간 30분이 걸린다.

이 루틴으로 운동하는 날에는 숨이 가쁘게 차고 허벅지가 터질 듯한 느낌이 드는데 그렇게 개운할 수가 없다. 헬스장을 나설 때 그동안 온몸 곳곳에 쌓여 있었던 것 같은 우울함, 잡생각 같은 것 다 날아가고 상쾌함과 뿌듯함만 남았다.

오늘도 근육이 달아나지 않게, 나이 들어 뱃살이 늘어나지 않게, 좀 더 건강하게 살기 위해 운동을 한다. 오늘은 정말 최고의 컨디션으로 하루를 시작한다.

2022. 6.

꿈을 기록하는 것이 나의 목표였던 적은 없다.
실현하는 것이 나의 목표이다.

-만 레이

돌고래, 조랑말

최근 뉴스에 고래에 관련된 뉴스가 자주 나온다.
아마 얼마 전 인기리에 방영된
〈이상한 변호사 우영우〉의 영향 아닐까?

돌고래 쇼에서 일하던(?) 돌고래들이 무사히 제주 바다에 야생방류 되었다는 소식을 들으며 10년도 훨씬 전에 일본 츄라우미 수족관에서 본 돌고래 쇼가 생각이 났다.

쇼를 보러 온 어린아이에게는 바다만큼 넓은 수족관이겠지만
어른인 내 눈에는 돌고래가 헤엄치기엔 턱없이 작은
돌고래 쇼 수족관.

맛도 없고 어쩌면 냄새도 날 것 같은 냉동 정어리 한 마리를 먹으려고 높이 뛰어오르는 돌고래를 보며 나는 내가 돌고래가 된 것처럼 가슴이 아팠다.

'아가. 어쩌다 너는 이곳에 갇혔니.'

인간이든 동물이든 돌고래든 모두 각자 생애를 살아갈 뿐인데
왜 드넓은 바다에 살아야 할 돌고래를 잡아다
저렇게 훈련을 시키고 있는 것일까.

무엇을 위해서…?
돌고래 쇼를 재미있게 보는 사람들의 돈을 벌기 위해?
바다에 살던 돌고래를 잡고,
고래상어를 잡아다 작은 수족관에 가두고.
끝이 보이지 않는 지평선에 걸린 노을을 보며 달리던 치타,
표범, 사자, 하이에나를 잡아다 나무 말뚝으로 울타리를 지어
그 안에 가두고 냉동 닭을 먹이랍시고 준다.
누군가를 태우기 위해 태어난 것이 아닌데
하루에도 수십 명의 사람을 등에 태우고
사진을 찍어주는 조랑말도 있다.

그것이 무엇이 그토록 재미있을까?
나는 내 아이에게 조랑말은 타는 것이 아니며
돌고래는 수족관에 사는 것이 아니며.

사자는 철창 우리 안에 살지 않는다고 알려준다.
사람들이 자신의 의지대로 자신이 가고 싶은 곳에 가서 살듯
돌고래도 조랑말도 자신이 원하는 생애를 살아갈 뿐이다.

누가 누구를 위해,
무엇을 위해 살아가고 싶지 않은 것은
모든 생명 있는 존재들이라면
다 똑같이 가진 생에 대한 의지일 뿐이다.

66

중요한 것은 사랑을 받는 것이 아니라 사랑을 하는 것이었다.

-윌리엄 서머셋 모옴

당근, 햄, 맛살, 쪽파

당근, 햄, 맛살, 쪽파.
나란히 줄 세우듯 꼬챙이에 끼워 계란물에 노릇하게 구워내면
명절 맞은 아이들에게 주기 그만한 것이 없다.

어릴 적, 눈코 뜰 새 없이 명절 음식 준비로 바쁜 엄마는
늘 이쑤시개 꼬챙이에 재료 끼우기를 우리에게 시키곤 했다.
그러던 어느 날, 나와 내 바로 아래 동생의 싸움이 난 것이다.
그런데 그 싸움의 발단이 참 가관이었다.
그때나 지금이나 정해진 대로 규칙적인 것을 좋아하는 나는
당근, 햄, 맛살, 쪽파. 순서로 꼬챙이를 꽂아야 한다고 우겼고
그때그때 끌리는 대로 하기 좋아하는 기분파 동생은
하나는 햄, 쪽파, 맛살, 당근.
또 하나는 맛살, 쪽파, 햄, 쪽파.
이런 순서로 개성 넘치게 꼬챙이에 꿰었으니
서로 이해할 수도, 이해하려 하지도 않던 우리가
니가 옳네, 내가 옳네 싸우게 된 것이었다.
그리고 역시나 우리 집 해결사, 누구도 거역하지 않는 최강자

엄마는 나에게 꼬챙이 영역을, 동생에게는 송편/만두 영역이라는 직무 분담을 해주셨다.

'햄. 쪽파. 맛살. 당근'이면 어떻다고.
'당근, 햄, 맛살, 쪽파'면 어떻다고.
어차피 모두 다 같은 계란 맛인 것을.
그때나 지금이나 순서대로, 규칙대로, 계획대로 하기 좋아하는 나는
간혹 그렇게 아주 사소한 일을 대충 지나가는 여유가 부족해진다.
꼬챙이 산적에 한 가지 재료가 두 개 이상이라 하여
그렇게 싸울 일이 아니었다.
그저 동생이 끼우면 끼운 대로 맛있다며 먹었다면
그 시절 사이좋게 명절에 앉아 꼬챙이 산적이나 만들고 있었을 텐데.
그리고 수십 년이 지난 지금도 그 이야기를 명절마다 들으며
괴롭지 않았을 텐데.

관찰을 전부 다 눈으로 볼 수 있는 것에서 시작해라.
그리고 눈으로 발견할 수 있는 것에서 배워라.

-레오나르도 다 빈치

애너벨 리
- Ae. Al. Po

지금으로부터 먼 옛날, 여러 해 전
바닷가 어느 왕국에 '애너벨 리'라는 이름의 소녀가 살았었다.

그 왕국에는 나와 소녀가 있었고,
소녀는 날 사랑했으며 나 역시 소녀를 사랑했다.
우리는 어렸고, 서로에게 서로밖에 없었으며,
서로를 사랑하는 것 이외에 다른 생각조차 하지 않았기에
우리가 나눴던 사랑은
어느 순간 사랑 이상의 어떤 것 같이 느껴지기도 했다.

그래서였을까?
너무 큰 사랑과 행복이
천국의 천사들을 시샘하게 만들어버렸기 때문이었을까?

어느 날, 흙빛 구름이 드리우고, 세찬 바람이 불더니
나의 소녀 애너벨 리를 싸늘하게 얼려버렸다.
그리고 그녀의 친척들은 그녀가 죽었다는 사실을
미처 받아들일 수조차 없는 내게서 너무나도 빨리

아직 따스함이 남아 있는 그녀의 시신을 빼앗아
바닷가 왕국의 무덤 속에 가둬버렸다.

이별은 너무 빨리 다가와, 나는 그것을 받아들일 수 없었다.
우리가 누린 행복은 우리가 예상했던 시간에 비해
너무 짧은 찰나에 불과했기 때문이다.
하지만 그 짧은 순간은 그 후로도 오래 기억 속에 남겨진 체
우리의 사랑은 내게 더 굳세어지고 있었다.
그 어떤 나이 든 사람들의 사랑보다도
우리보다 현명한 이들의 사랑보다도
우리 위에 천국의 천사들도
우리 밑에 바다의 악마들도
내 영혼을 아름다운 애너벨 리의 영혼에서
결코, 갈라놓을 수가 없었다.

달 비칠 땐 언제나 내게 아름다운 애너벨 리의 생각이 떠오르고
별 솟으면 언제나 나는 아름답게 빛나는 애너벨 리의 눈을 느낀다.
그래서 밤새도록 나는 여기 누웠노라.

바닷가 무덤 속,

내 사랑,

내 사랑,

내 생명,

내 신부 곁에.

66

누군가를 깊이 사랑하는 사람은 늙지 않는다.
나이가 많아 죽을지라도 젊어서 죽는 것이나 마찬가지다.

-A. W. 피네로 Arthur Wing Pinero

아름다운 공동체를 향한 여정 **PART 4**

감사의 글

특별할 것 없는, 그저 평범하게 살리라 생각하며 살아온
육십 인생을 돌이켜보며
이제 겨우 이 한 권의 자전적 에세이를 세상에 내놓으려다 보니
엉성한 부분만 계속 눈에 들어와 낯이 뜨거워지는 것 같다.

그럼에도 나의 보물 1호 딸아이의 결혼에 맞춰서
나의 경험을 책으로 출간하고 싶은 꿈이 이루어져 무척 기쁘다.
이 부족한 글을 봐주신 독자분께 감사의 마음을 글로나마 보낸다.

막연했던 아이디어와 짧은 초고에 용기와 격려를 해주셨기에
이 책이 세상에 나올 수 있었던 것 같다.
출간해주신 맑은샘 출판사 대표님에게 감사드린다.

무엇보다 글쓰기의 고충을 이해해주고,
장황하게 늘어지고 산만하게 흩어진 아이디어들을
예리한 서사로 바꿔준 편집자님께도 감사한다.

마지막으로,

아내 이정희와 딸 소영이 덕분에 이 책에 집중할 수 있었다.

이 책을 사랑하는 가족들에게 전하고 싶다.

2022년 11월

해솔 민원기

삶과 인연에 감사하며

초판 1쇄 인쇄 2022년 11월 24일
초판 1쇄 발행 2022년 12월 02일
지은이 민원기

펴낸이 김양수
책임편집 이정은
교정교열 채정화

펴낸곳 도서출판 맑은샘
출판등록 제2012-000035
주소 경기도 고양시 일산서구 중앙로 1456 서현프라자 604호
전화 031) 906-5006
팩스 031) 906-5079
홈페이지 www.booksam.kr
블로그 http://blog.naver.com/okbook1234
이메일 okbook1234@naver.com

ISBN 979-11-5778-575-9 (03800)

맑은샘, 휴앤스토리 브랜드와 함께하는 출판사입니다.